Tocata e fuga a quatro vozes

Menalton Braff

Tocata e fuga a quatro vozes

ROMANCE

Editor
Marcelo Nocelli

Revisão
Roseli Braff

Imagem de capa
Cela da prisão, por Rustyphil

Design e editoração eletrônica
Negrito Produção Editorial

Dados Internacionais de Catalogação na Publicação (cip)
Bibliotecária Juliana Farias Motta (crb 7/5880)

Braff, Menalton, 1938-
Tocata e fuga a quatro vozes: romance / Menalton Braff. – 1. ed. São Paulo: Reformatório, 2022.
152 p.: 14 x 21 cm

ISBN 978-65-88091-61-6

1. Romance brasileiro. I. Título: romance.

B812t CDD B869.3

Índices para catálogo sistemático:
1. Romance brasileiro

Editora Reformatório
www.reformatorio.com.br

Nota do autor

Este romance resultou de uma série de fatores que preciso confessar, pois, sem os mesmos, ele não existiria. E externo aqui meus profundos agradecimentos a quem muito devo. A começar e sempre à Roseli, minha esposa, companheira de todos os momentos, e a primeira leitora crítica do que escrevo. Em seguida, minha homenagem ao Marcelo Nocelli, um editor para quem, mesmo em situações adversas, a literatura é o bem maior. Finalmente, meus agradecimentos ao Silvio Luís do Prado, gerente da Funap Ribeirão Preto, por ter-me proporcionado o conhecimento do mundo prisional, no qual, por quatro vezes, penetrei para conversar com detentos dos Clubes de Leitura com quem discuti aspectos de livros meus e o efeito que a leitura pode causar no futuro que os espera.

Aquela ali é minha mãe, atendendo uma freguesa que veio comprar uma blusa. Quando crescer quero ficar bonito como ela.

★

Aquele ali é meu filho, já preparado para sair. Vai se parecendo cada vez mais com o pai, um homem bonito, mas com mais vícios que virtudes.

★

Aquele ali é um jovem recém-formado que veio prestar concurso para delegado. Me parece que não se preocupa muito com o peso.

★

Aquele ali é um advogado que trabalha em alguma função burocrática no fórum. No meu estágio, várias vezes cruzei com ele.

★ ★ ★

Já estou pronto para sair. Almocei, arrumei o material aqui na mochila, e agora é esperar a van que vai me levar pra escola. Enquanto espero aqui sentado, não tiro os olhos das duas. A freguesa está coberta de pulseiras, anéis e brincos, usa uma roupa apertada e tem ares de grande dama, uma pessoa importante, mas eu sei que ela não é isso tudo que parece. Ela mora a dois quarteirões daqui, numa casinha velha, desbotada, com portão de ferro que range feio quando se abre ou fecha. Começo a contar as badaladas do sino da igreja... Lá vêm eles da escola, o irmão mais novo escanchado na garupa da bicicleta, a mochila às costas. O sol arranca lascas de brilho das lagoas que restaram, e os pneus vão fazendo sulcos estreitos na terra mole. E não é que minha mãe consegue convencer a mulher a experimentar umas calças? Muito sedutora, minha mãe, uma conversa fina, às vezes melodiosa, difícil escapar dela.

★

Aprendi as técnicas de venda quando solteira. Tive uma gerente, lá no centro, que nos reunia toda sexta-feira no fim do expediente, e nos dava instruções de como proceder com os clientes. A primeira coisa, ela repetia, é saber que os clientes não são todos iguais... que fica aqui perto, não gosto de ouvir essas pancadas de som lúgubre... Existe o vaidoso, que não resiste a um elogio. O tímido, que tem dinheiro até de mais, tem sobrando, mas não tem coragem para se expor. E o tipo falastrão, que já entra falando muito, e fala e fala, fala alto porque precisa de plateia, e que compra, se comprar, um carretel de linha, meio metro de passamanaria, enfia a mão até o fundo do bolso, encontra algumas moedas, paga e sai feliz da vida. Tem também, quando homem, aquele que entra na loja só pra paquerar as moças. Cada cliente, eu aprendi com ela, precisa de um tratamento diferente.

★

Já vi esse jovem aí nos corredores do fórum. Isso me faz lembrar meu início de carreira. Um escritório bem montado, com clientela pra sustentar uma família, isso só se o recém-formado for herdeiro do pai, que envelheceu na construção do seu nome e depois de muitos e muitos processos bem-sucedidos, com alguma repercussão no meio... elas sempre lembram a passagem do tempo... Não foi o meu caso. Estudei à noite, vivia na biblioteca da faculdade, porque meu pai, pedreiro autônomo, ora tinha algum dinheiro com que poderia me ajudar, ora estava sem meios até para botar comida na mesa. Ele também dependia das estações. Esse jovem, tirante o excesso de peso e a cabeça redonda, e as feições um tanto incaracterísticas, se parece um pouco comigo, pelo menos no modo de iniciar a carreira. Também procurei uma função pública, com salário garantido no fim do mês, sem o medo de qualquer vaca magra.

★

Ele fica me olhando como se eu estivesse com o rosto sujo. Mas se ele pensa que por ter chegado antes tem algum privilégio ou é melhor do que os outros, está muito enganado. Delegado, pra mim, é apenas um degrau... e com o tempo é que se mede a vida, mas ninguém consegue viver no passado e no futuro. Tenho meus objetivos e não é por eles que inicio agora a lutar. Poderia muito bem trabalhar como auxiliar do meu pai, não fosse ele o reacionário que é. E tanto, que nossa convivência se tornou praticamente impossível. Entro geralmente em casa quando ele já deitou e saio antes de ele se levantar. Nas raras vezes em que nos encontramos, como em quase todos os domingos, acabamos discutindo feio. Nossas opiniões nunca vão empatar. Uma sineta tocou no corredor e preciso ver o que é.

⋆⋆⋆

Muito difícil, mas agora a van chegou. Tenho de ir.

⋆

Cada cliente precisa de um tratamento diferente. Esta aqui foi fácil. Já é quase minha amiga.

⋆

Sem o medo de qualquer vaca magra. Aqui me sinto seguro.

⋆

Preciso ver o que é. Toca entrar na sala e ocupar minha cadeira.

⋆⋆⋆

Minha mãe está fechando o embrulho com as compras da dona Alzira, eu paro esperando meu beijo, ela percebe, nem por isso interrompe o que está fazendo com as compras da dona Alzira com suas mãos magras de dedos delgados. E ágeis. O embrulho dela começa a tomar forma quase perfeita, o papel de seda que vai fechando dentro de si as peças todas compradas pela freguesa, e esse papel me lembra a pipa que na semana passada me roubaram com cerol na linha, agora uma fita em cruz com um tope no meio, bem apertado, por fim cabe tudo em uma sacola de papel com desenhos de roupas e o nome da loja, o endereço muito pequeno, e duas alças de cordão. Sempre que o sino bate ainda faltam alguns minutos para eu sair, porque deve ser meio-dia... A dona Alzira não chega a preencher o cheque, minha mãe diz que não posso aceitar, querida, então a freguesa pergunta por quê, e ouve a resposta de que é a norma, e sendo a norma isso é coisa que não se discute, mas eu sei que a norma é minha mãe, que sugere o cartão de crédito, Ah, diz a freguesa, mas eu nem sabia que a senhora tinha a maquininha. A débito, ela se exibe. A estrada descamba da roça para o campo, o Sol descamba para os morros azulados, os dois invadem o campo na corrida e caem e se embolam e os dois cachorros participam brincando de morder. A carroça segue pela estrada carregada, alta de pasto para os animais que vêm chegando aos poucos na direção da mangueira, passo lento, pois sabem que está na hora. O motorista da van buzina com irritação, buzina rouca, e minha mãe me acolhe dentro de um sorriso em que posso ler que o motorista deve esperar. Por fim a operação da venda se conclui, o cartão é aceito, a dona Alzira pega o comprovante dela com a mão esquerda porque na direita ela já suspende a sacola de papel. Ela sai apertada dentro da calça colorida com flores tropicais, com certeza sentindo-se a rainha das flores, e perfumada, imagino. Não deixa de ser bonita, nossa vizinha, mas minha mãe é mais. Ela inclina o corpo e me dá o beijo de até logo e preciso sair correndo porque o motorista já buzina outra vez e antes de chegar à porta ouço minha mãe dizer que espere. E foi o mesmo que me disse hoje de manhã minha professora de flauta. Ela estava triste porque recebeu uma bronca na frente da orquestra toda por ter atrasado cinco minutos, coisa de briga com o namorado que exige dela que largue da orquestra onde tem muito violinista, ele morre de ciúme. Só conseguiu se livrar do cara porque ele também não queria chegar atrasado ao serviço, mas encheu a cabeça dela de ameaças, que se os violinistas, o namorado dela não toca nenhum instrumento, detesta música erudita, e mesmo em música popular não é muito chegado. Mas odeia todo e qualquer violinista.

* * *

Vaidosa como ela é, bastaram uns elogios e levou até mais talvez do que poderia levar.

★

Além da segurança, posso fazer carreira. Quem sabe um dia desembargador.

★

Me sinto preparado e espero me sair bem nesta prova. Primeiro passo do meu futuro.

★ ★ ★

Essa Alzira, bem, sempre tive alguma desconfiança. Esposa de marido que viaja muito, claro, nem todas, eu acho, mas algumas, como essa Alzira, o modo como se veste pra vir da casa dela até aqui, como se fosse a alguma festa, as joias, a maquiagem, e além de tudo, o rebolado. Como ela joga aquela bunda, as nádegas subindo e descendo, a cintura que parece pronta pra se quebrar. Bem, mas só desconfiança. Muito mais pelo jeito dela, porque o Afonso, me contaram que andou se engraçando para o lado dela e eu achava que ele não era tão tolo de arranjar um caso aqui, na nossa porta. Virtuoso não, o salafrário, mas esperto, isso não se pode negar. Muito esperto. E o Bernardo, até a voz é parecida com a dele. Aquela testa alta, os olhos tenebrosos que parecem querer engolir tudo que veem. Saiu igual. Vai ser um homem bonito, esse meu filho... e meio-dia me causa arrepios, pois tenho certeza de que nunca mais vou viver esta manhã... Muita fome, mas só agora consigo chegar perto do prato. Aqui por perto, não, que não era louco. Mas no centro, em outros bairros, e principalmente na faculdade. Como controlar os horários dele, saber com quem saía, com quem se encontrava? E podia eu dizer pra ele que não terminasse o curso, que ficasse em casa vendo televisão até a hora de dormir? Sentido nenhum. Não poderia me opor aos sonhos do Afonso. E isso foi minha perdição. O exterior do Bernardo não tem jeito, não posso mudar, mas o caráter, ah, nisso sim, posso interferir.

Apesar de quê.

Apesar de quê, mesmo? A Guacira não sai da porta, me espiando. Ela espera que eu termine de almoçar para levar a louça. À tarde ela tem outro emprego. Das duas às dez numa fábrica de botão. Os furos. Não que seja um serviço pesado, mas o tempo. Das duas às dez com meia hora pra jantar. Isso é ilegal, mas é como a coitada sustenta a família, e agora, com a morte do pai, além dos filhos que o salafrário fez, mas não criou, tem a mãe, com aquela aposentadoria miserável que ela me contou. Gosto da Guacira. Parecida comigo: uma guerreira.

* * *

Há muito que estudar, mas sem compromissos familiares, tempo não é o que me falta.

★ ★ ★

Na verdade eu juro que me considerava o esperto. Meu álibi era diário, escondido por trás de motivos os mais nobres: o futuro. Quando eu falava no nosso futuro, a Geórgia parava de falar, ficava muito séria e balançava a cabeça. Nosso futuro. E me dava gosto pintar nosso futuro. Mansão, carrão, bairro chique, viagens, um filho estudando na Inglaterra, a preferência dela era por Paris, mas sempre simpatizei mais com a sobriedade britânica, aquela formalidade deles, pura civilização. E ela que sim, que sim, que sim, vale a pena o sacrifício atual. E o sacrifício era meu curso noturno, com aulas que frequentemente cabulei a fim de levar alguma colega para conhecer o interior de um motel porque a carne é fraca e o meu fraco foi sempre pela variação, a novidade, pois ouvir um gemido em outro timbre de voz, sentir o aroma de uma flor diferente, isso sim, isso me parecia o destino de um homem, que finalmente voltava ao paraíso de onde fora expulso só por causa de uma pobre de uma maçã... e o que fiz está feito, mas me angustia saber que deixei de fazer muita coisa... E quando a Geórgia engravidou, então, julguei de meu dever sair com quanta mulher conseguisse. E conseguia. Modéstia à parte, bom de fachada, bom de lábia e bom de cama. Precisava mais? E estes garotões aí, tentando uma carreira no serviço público. Alguns deles vão morrer delegados ou se aposentam e vão morar longe daqui com medo de alguma vingança. Outros vão continuar prestando concurso, talvez cheguem ao Ministério Público, alguma coisa assim. Nenhum deles tem cara de quem vai montar escritório para advogar com independência. Eu pelo menos já sabia que isso seria impossível, então tratei de participar do primeiro concurso que apareceu. Pois é, e eu achando que era o esperto. Algumas vezes cheguei a sugerir um encontro com a Alzira, mas bem longe de casa, do outro lado da cidade. Ela fingia não entender minhas investidas. E eu achando que era o esperto.

* * *

Mas tomara que, sendo nomeado, não vá para algum lugar muito distante. Quero continuar estudando.

* * *

Este sujeito aqui no meu lado direito vai sair da prova com torcicolo. Ele espicha o pescoço na minha direção e só falta o infeliz conversar comigo acabando por me comprometer. Faz de tudo pra colar. Se conseguir ser aprovado, esse vai ser um daqueles delegados que aceita propina de bicheiro, que fecha os olhos para uma porção de contravenções por alguma recompensa e outros ilícitos, pois é espiando a prova de um concorrente que se inicia a corrupção... e o que ainda não foi feito nunca mais vai ser feito no passado. Mas vou dificultar a vida dele: finjo que não percebo e estendo meu braço direito cobrindo minha prova. Ele se remexe, olha para os lados, para trás, expulsa um pigarro como se quisesse dizer alguma coisa. Então abaixa a cabeça e folheia a prova. Acho que está à procura de assunto mais conhecido. Tive muitos colegas que matavam aula para sair com as meninas. Um deles me pediu uma vez para assinar a lista em seu lugar. Não é por nada, não, eu respondi, mas não acho que isto esteja certo, compreende? Nunca mais conversou comigo. Como é custosa a honestidade, como é difícil resistir à tentação de sair da linha. Nossa sociedade hipócrita não consegue ligar o discurso com a ação. Bem, mas eu tenho de me concentrar é na minha prova. O calor aqui está insuportável e pensar dentro do forno não é propriamente minha vocação. Não acho que a prova esteja difícil.

* * *

Esta menina aqui do lado não vai parar de me cutucar? O cotovelo dela é duro, parece uma arma.

*

Esta é a pior hora do dia. Por causa desta soalheira ninguém aparece, nem por isso posso fechar as portas para descansar um pouco.

*

Bom, pelo menos aqui na minha sala eu tenho ar-condicionado. E quando chegar a diretor do fórum vou ter ainda mais conforto.

★

Agora é só dar uma repassada por alto pra ver se está tudo respondido. Mas acho que não deixei nada pra trás.

★ ★ ★

Árvores postes portas gente vitrines carros carros vitrines gente portas postes árvores. Vertigem. Encaro finalmente a menina que me cutuca com o cotovelo e ela se queixa do motorista, chorosa, que está correndo demais. Ele está correndo assim contra mim, eu sei, por ter atrasado um minuto ou dois. Na frente da televisão, eles cuidam de inventar a vida cercados pelos pais que não podem imaginar aquilo. A tela traz o desfile para dentro da sala e os dois fazem suas escolhas. É minha aquela de cabelo comprido; a de cabelo curto é minha. E eles rolam no sofá contentes com suas escolhas. Mais tarde, no quarto escuro, vão continuar a ver suas eleitas que levarão até para dentro de seus sonhos adolescentes. A menina está com expressão de assustada e me pede para reclamar, mas então pergunto, Por que é que você mesma não reclama? Ela titubeia sem saber o que responder e fica muito quieta ameaçando choro. Então fico com pena e vejo que outros colegas estão também assustados, como eu estou, por isso eu grito daqui mesmo do meu lugar para que o motorista me ouça, não pode ir um pouco mais devagar? Ele resmunga que vamos chegar atrasados, mas o meu relógio diz que não, e respondo que temos tempo de sobra, que não vamos chegar atrasados coisa nenhuma. E as badaladas do sino ficaram para trás, para o alto... A barulheira de crianças gritando e conversando em voz excessivamente alta intimida, eu acho, o motorista que então começa a dirigir em velocidade normal.

*

E ele se julgava muito esperto porque estava enganando a esposa, a mãe de seu filho. Muito esperto. Uma noite ele chegou crente de que me surpreenderia com o amante. Eu estava dormindo. Acendeu a luz, que me bateu nos olhos, que se abriram assustados, e me perguntou violento, Onde está ele? Que alguém, alguém é um esconderijo, ser indefinido, que alguém tinha acabado de ligar para seu celular, como já estava combinado desde que a mesma sombra avisara-o do que estava acontecendo... perderam-se na imensidão azul e atravessaram as ralas nuvens que nem para sombra serviam... que a certa hora da noite um carro parava aqui na frente de casa e que algumas vezes eu saía de casa para ficar dentro do carro, mas na maioria dos casos, depois de algum tempo esperando, um vulto sumia pela porta aberta. Ele sabia de tudo, estava muito bem informado, mas eu também tinha meus informantes e já colecionava uma série bem grande de mensagens recebidas pelo *inbox* do *face*. Como ele viesse muito agressivo e cheio de razões, sem perder a linha, sentada agora com as costas apoiadas na cabeceira da cama, perguntei se ele queria dar uma olhada no computador, na minha página e que a gente poderia recapitular com todas as zinhas com que ele tinha saído, com data e hora. Ainda deu um grito, porque é um homem com muita vocação para a maldade, mas gritei muito mais alto.

⋆

E o esperto aqui, nem percebeu que estava com a cabeça enfeitada com os chifres que a Geórgia me botava. Na mesma noite arrumei o que pude na minha mala de couro e no saco de viagem. Roupa, objetos de higiene, dois livros de que precisava e algumas miudezas mais. O resto eu venho buscar amanhã, eu disse, por cima do rosto espantado da minha ex-mulher. Quando estava chegando à porta, ela gritou atrás de mim, Não vai se despedir do teu filho, não? E com a raiva que eu estava, sim, porque me saber corneado há bastante tempo era uma ideia que me deixava furioso, então saí e bati a porta atrás de mim... comecei a contar as badaladas do sino e contei até a metade, mas desisti de continuar... No dia seguinte voltei lá e tudo que era meu já estava amontoado na sala. Pensa que vou sentir sua falta, pensa? É um alívio na minha vida você sumir. E quanto antes melhor. Bem, eu não disse nada, mas recuperar minha liberdade, podendo sair com quanta mulher me aparecesse sem precisar esconder, porque agora me sentia livre, isso tornou o ar mais puro e minha respiração melhorou muito. Enfim, pensei até com certo alívio, novamente solteiro.

★

Começam a chegar outros candidatos, alguns com olheiras e acho que passaram a noite em cima dos livros. Sempre fui contra isso, de estudar na última hora. Embaralha tudo, mistura nomes e assuntos. Na última hora não se consegue um conhecimento sólido, claro, não há tempo para consolidar o que se estuda... contei até dez, então passou um caminhão e seu rumor fez as vidraças trepidarem, e nada mais se ouviu além daquele ronco poderoso, como se o mundo fosse explodir. Alguns se conhecem, é provável que venham da mesma faculdade. Eu mesmo parece que alguns deles eu já vi, não me lembro onde nem tenho certeza disso, mas sei que são meus concorrentes. Alguns chegam lendo, outros falando com palavras fingidamente alegres misturadas a um riso exagerado, tosco, arrancado de um fundo onde o nervosismo procura se ocultar. Não me sinto bem com tanta gente em volta, parece que todos me observam com algum tipo de maldade no olhar.

★ ★ ★

Enfim, chegamos quinze minutos adiantados por causa da velocidade imprudente do motorista. Vou contar pra diretora.

★

Aqui mesmo, nesta cadeira preguiçosa atrás do balcão vou tirar um cochilo. Se alguém entrar, o sininho da porta me avisa.

★

Sei que preciso estudar muito, e com muitos concorrentes vou ter de me defrontar, mas tenho minhas ligações. Nada é impossível.

★

Hora de entregar a prova. Os professores costumam dizer que os primeiros são sempre os melhores e os piores. E eu acredito.

★ ★ ★

Então eu levanto a mão e pergunto ao professor o que é a existência. Ele me olha de sobrancelhas muito surpresas porque é aula de geografia, e a economia da Europa não me interessa, por isso estava me lembrando de uns retalhos de conversa que ouvi outro dia em que boiei por não entender nada daquilo também, mas me pareceu que se tratava de assunto muito importante.

★

Um possível freguês passa pela porta, o sininho me avisa, e ele reclina o corpo sobre o balcão. Não o conheço, não é das redondezas. Ele me olha como se estivesse me inventando, então faço a pergunta de praxe, Pois não? O homem, vestido normalmente, com uma camisa da qual, apesar do calor, ele não arregaça as mangas. Por fim me pergunta se tenho alguma noção do que seja o nada.

★

Antes de voltar para o apartamento, vou passar em algum bar para tomar um copo de cerveja, porque o calor é grande e a vida um peso difícil de carregar. Muitas vezes, depois da separação, venho me perguntando se esta era a vida que eu já tinha escolhido desde cedo, desde antes de ligar meu destino à vida de uma mulher. Então comecei a questionar comigo mesmo o que é a vida. Ou a vida. Ou a vida.

★

Se paro pensando seriamente, chego à conclusão de que só o nada existe. A vida é uma pequena interrupção no imenso nada. Dele todos vêm, dele veio a mãe que me gerou, para ele todos nós voltamos. O que não consigo alcançar é o início, quando só o nada pairava sobre tudo, nem o fim, quando tudo estará transformado em nada. Há uma ideia de fluxo contínuo que preciso entender. Sem qualquer divindade, que também veio do nada.

★ ★ ★

O sujeito que estava sentado à minha direita ficou lá, tentando aproveitar alguma distração dos fiscais.

* * *

Muito bem, meu filho, então peça a seu pai para me mandar uma queixa por escrito. Foi isso que a diretora me respondeu. A megera não sabe que eu não tenho pai? Minha mãe larga o garfo no prato e tosse, ou finge que tosse, entorta a cabeça, o ouvido esquerdo mais alto que o direito, que quase toca no ombro, seu cabelo brilha e se esparrama com o movimento da cabeça, um cabelo como nunca vi outro igual, e diz que Pai você tem, não é, Bernardo? Ela me diz. Porque sozinha não tenho tanta competência, mas acho que você nem se lembra mais dele. Respondo com alguma agressividade que tampouco pretendo lembrar. Vivemos muito bem nós dois sozinhos. No domingo vestiam roupa diferente para ir à missa. Calça comprida e paletó como se fossem irmãos gêmeos, de roupa igual para confundir. Era como preferiam para sentir alegria. Na carroça, o pai e a mãe no banco da frente, em silêncio, os dois irmãos no banco de trás, conversando e rindo o tempo todo. Os cavalos, também só não iam totalmente silenciosos porque suas patas tamborilavam na estrada. Ele, quando eu era menor, depositava todo mês uma pensão pra mim. Estava nas condições do divórcio. Depois começou a falhar um mês ou outro, minha mãe disse que não se humilharia com reclamações, ele deve ter percebido isso e nunca mais depositou coisa nenhuma. Nem por isso deixei de ter aula de natação, de inglês e de flauta. Sai tudo aí da loja da minha mãe, que é capaz de vender areia no deserto.

⋆ ⋆ ⋆

Quando eu crescer, crescer, crescer, bonito quero ser. Tão bonito como ela, a minha mãe, que é bela.

⋆

Cada vez mais parecido: os olhos, o nariz, os cabelos e esta testa alta. Ah, e muito elegante, este meu filho, mas sem os vícios, os tantos vícios do pai.

⋆

Era um jovem arredondado, com olhar límpido como um céu sem nuvens. Vai ser, em certo sentido, meu colega. Vai preparar inquéritos para eu distribuir.

⋆

Ele não parava de me examinar. Tenho por acaso alguma coisa assim tão diferente? Bem, muito cabelo nunca tive, mas isso não é razão para ficarem com os olhos grudados em mim.

⋆ ⋆ ⋆

Ele dorme pesado como sempre, e era esta a hora em que muitas vezes abri a porta para que o Dionísio entrasse. Ele reclamava que aqui dentro ficava muito tenso, medo do marido e preocupado com o filho. Mas eu não tinha escolha: era dentro do carro, debaixo do cinamomo, ou aqui mesmo, dentro de casa. Não podia deixar o Bernardo dormindo e sair por aí. Não ficaria em paz, e o amor, só se faz, com a mente despovoada de preocupação. Existem os casos patológicos, eu sei, mas me considero uma pessoa normal, se é que alguém sabe onde está a normalidade. Quer dizer, sou como a maioria, pelo menos naquilo que se tem notícia. Até a noite em que o Afonso me acordou com aquela iluminação que era um estardalhaço, pensando que me surpreendia na cama com o Dionísio, porque seu informante, bem pode ser algum vizinho dos muitos amigos que ele fez aqui no entorno, ligou para seu celular, que agora é chegar em casa e pegar os dois na cama, e foi o mesmo que pegar os dois na cama, porque não neguei nem afirmei coisa alguma e ainda ameacei com o computador onde tinha algumas mensagens registradas, mais menti do que falei a verdade, mas tendo a culpa pendurada no nariz, o Afonso se viu praticamente flagrado e como ele também sabia o nome do Dionísio e tinha notícias de muitos de nossos encontros, resolveu dar um fim na comédia das traições. Ele sabia até que a gente transava às vezes dentro do carro debaixo do cinamomo aí da frente da loja. Então, como ele foi embora, também despedi o Dionísio, que usei como vingança, só como vingança.

★ ★ ★

O Dionísio, sentado ao volante do carro, ameaçou me bater, falou em crime de morte, procurou me assustar. Nada fez na despedida e nunca mais apareceu.

* * *

Primeiro a surpresa de encontrar a sala iluminada, mas pensei, esquecimento da Jussara. Não seria a primeira vez. Vai embora e deixa a luz acesa. Então ouço barulho de talheres, seu retinido na cozinha que me deixa apreensivo. O que pode estar acontecendo por aqui? E dou de cara com a empregada. Ela me cumprimenta, o rosto um pouco desmanchado, as pálpebras movendo-se muito rápidas. Aceito seu convite e voltamos para a sala. Ela diz que precisa conversar comigo. Pois então, Jussara, o que acontece? E com voz distorcida, um pouco, me faz lembrar que há cinco anos trabalha pra mim, coisa com que concordo, pergunta se tenho alguma reclamação do serviço dela, se alguma vez não fiquei satisfeito. Repito enfático que não, que não, claro, tem meu reconhecimento. Agora ela faz uma pausa e percebo que junta forças para me atacar: vai pedir aumento de salário. Mãos nervosas arrumam o cabelo no alto da cabeça e o prendem com uma piranha azul. Bem, seu Afonso, ela sempre usou um tratamento de respeito, mesmo quando na cama. Não que tenha sido exigência minha, mas o fato me agradava. O senhor me contratou para o serviço doméstico e não precisou dar muitas instruções, porque disso eu acho que entendo mais que o senhor, quer dizer, do serviço de uma casa. Concordei com ela já pensando para quanto poderia aumentar o salário da Jussara. Pois então, sempre que o senhor me levava pra cama, me prometia mundos e fundos, até em casamento, o senhor, na hora de gozar, andou falando. As besteiras que a gente faz. Eu sei que ela tem razão, mas é numa hora em que a gente perde a cabeça, em que o corpo está todo latejando, como se fosse num estertor de morte, não pode levar isso em consideração, porque depois da morte não pode restar qualquer tipo de compromisso. Agora eu estou grávida do senhor. Meu mundo acaba de afundar. Posso muita coisa, posso quase tudo, mas coragem pra matar esta criatura aqui, isso eu não tenho, a Jussara arranca as palavras com suas garras do fundo da garganta. Então ela, que agora está mais calma do que eu, me joga duas propostas: O senhor é divorciado e eu, solteira; mas se não quiser casar, com cem mil reais fica livre de mim e volto para o sítio do meu pai. Não tenho esse dinheiro todo e também não pretendo casar. Você, eu digo com voz em falsete, você vai é abortar esse filho aí. Se não fizer o que estou mandando, saiba que sou advogado e posso muito bem arranjar um jeito de te botar na cadeia pelo resto da vida.

A Jussara começou a chorar que o que é que vai ser de mim, ela balbuciava com a baba escorrendo. Então, emocionado, voltei atrás e prometi uma pensão no valor do seu salário.

* * *

Sentamos debaixo das laranjeiras, meu futuro sogro e eu, em dois cepos que se defrontam em conferência permanente. Havíamos, no caminho, colhido algumas laranjas maduras que levamos num cesto pequeno. De canivete, ambos, começamos a descascar duas laranjas e a casca amarela desce inteira graças a nossa habilidade. Ele me pergunta, Então como é que é, e já sei que está se referindo ao concurso cuja prova enfrentei outro dia, por isso respondo sem esperar explicações, que sim, me pareceu uma prova muito fácil. Quer dizer que agora, e fez uma pausa, escolhendo as palavras porque, apesar de um simples chacareiro, ele é um homem muito cuidadoso com o que diz, muito educado, mesmo, mas como imagino os caminhos que busca, me antecipo também gentil e digo que sim, agora o casamento sai. Ele não pergunta quando é que vamos marcar a data, mas sei que está pensando nisso enquanto chupa devagar a primeira laranja. Para facilitar o andamento do assunto, termino de chupar a minha, escolho outra que me parece ainda mais apetecível, uma laranja querendo romper sua casca brilhante, como se estivesse inchada, e começo a descascá-la, enquanto isso, vou explicando a este homem bom aqui na minha frente que precisamos esperar a divulgação dos resultados. Ele também escolhe outra laranja e fica parado com ela na mão esquerda, a direita com o canivete descaída sobre o cepo. Muito bem, ele finalmente diz, você é um jovem sensato e cauteloso.

* * *

Quando voltamos para a varanda, onde as mulheres nos esperam, ele sobe os degraus sorrindo e diz para a filha, Já sei das novidades.

* * *

Com dedos destros afagávamos a cabeleira longa e loira das estrelas, que eram muitas, eram milhares, eram milhares de milhares, então de leste a oeste, de norte a sul, recolhíamos em vasos de cristal pepitas de ouro com que adornávamos cada qual um ser amado. E o céu escureceu, mas a Terra toda foi iluminada pelo brilho que o amor irradiava. Ao passar pela torre da igreja, de onde o sino avisava a passagem do tempo, a brisa se perfumava de sons doces que transportava com asas ligeiras para a cidade toda. Por isso, ergueu-se na praça, na primeira praça, um monumento à amizade, pois é nos monumentos que muitas histórias são construídas nem sempre verdadeiras. Mas aquele era o Sol, que em seu passo lento, passo de ancião, vinha subindo carregado de nuvens para distribuir a chuva há tanto tempo reclamada pelos agricultores. Algumas andorinhas, pressurosas, aproveitavam o céu azul para suas aulas de desenho. Finalmente apareceu o futuro em seu traje de gala, mas com disfarces para não ser reconhecido por ninguém. E é por isso que nunca se chega ao horizonte, porque além dele só o nada existe.

★★★

Aquela ali, atrás do balcão, conversando com um vendedor que anota seus pedidos, é minha mãe. Aparecem alguns fios de cabelo branco em sua cabeleira, mas ela se recusa a tingi-los. Nem por isso é menos bonita do que em outros tempos, quando mais nova.

★

Aquele ali, sentado à mesa da sala ao lado da namorada, é meu filho. Eles estão estudando para o vestibular, que se aproxima. Não perdem tempo. O Bernardo vai se parecendo cada vez mais com o pai, um homem muito bonito.

★

Aquele lá, na sala da diretora do fórum, é um delegado cuja carreira eu vi desde o início. Fiquei sabendo mais ou menos de oitiva que ele se prepara para assumir um cargo no sistema prisional. Continua sem se preocupar muito com o peso.

★

Aquele lá, atrás daquela escrivaninha, e que parece estar classificando processos, quatro pilhas onde os vai distribuindo, eu soube que já prestou vários concursos sem obter sucesso. Dizem que vai se aposentar no serviço burocrático.

⋆ ⋆ ⋆

Quando eu disse que o dinheiro tinha acabado, minha mãe me olhou espantada. Mas já?, ela gritou. Então me chamou para conversarmos perto da lareira porque estava uma noite muito fria. Começou falando de banalidades, me deu um beijo no rosto, falou dos estudos, especulou meu pensamento sobre carreira e neste embalo ficamos até tarde, o relógio da sala marcando mais de meia-noite. Bocejei duas, três vezes, então ela me perguntou assim, no susto, que droga era que eu estava consumindo. Quando Arlindo resolveu pedalar todos os dias até a cidade para trabalhar de mecânico, Marcelo pediu carona a ele, pois também tinha desejo de abandonar o ofício do pai, por ser penoso e de resultado irrisório. Com o sono que eu estava, não tive presença de espírito para mentir e disse que a coca levava todo meu dinheiro. Ela fez cara de boa mãe, me pegou pelo pescoço, me beijou três vezes a testa e devagarinho foi me soltando. Por fim, segurou meus dois braços, e senti que seus dedos penetravam fundo em minhas carnes. Me sacudiu e, com uma voz que eu desconhecia, declarou que a partir daquele momento, eu nunca mais teria um tostão que fosse de mesada. Você está me entendendo, meu filho? Nem mais um tostão.

*

Estou em pânico. Quando pensei que agora, mais maduro, diminuíam minhas preocupações, elas se tornaram muito mais sérias. Enquanto criança, uma palavra, duas, e isso era suficiente. Seus erros, suas pequenas falhas, eu conseguia corrigir, ou contornar, ou relevar em virtude da idade. Era a escola, a natação, as aulas de inglês e de flauta. O resto do tempo eu o fazia meu com pequenas interrupções para que brincasse com os amigos. Ao Bernardo não sobrava muito tempo para brincar e me parece que isso lhe fez falta: não aprendeu direito. Não entendeu os jogos e suas regras, confundiu tudo. Quando apertei com ele, como é que isso foi acontecer, só me repetia, Os amigos. Continuei apertando, Quais deles?, então o silêncio de pedra, o queixo sem movimento. Como devo agir, a quem pedir socorro? Não sei, não sei, não sei o que faço, se é a primeira vez que filho meu me apresenta esse tipo de problema. Mas de uma coisa estou certa: com o meu dinheiro ele não vai comprar droga nenhuma.

*

Mas não invejo o destino dele, não, Jussara. Vai passar o resto da vida como diretor de um Centro de Ressocialização. Um preso no meio dos presos, cuidando de resolver a montanha de problemas que eles criam. Mas eu já imaginava que aquele gordinho não ia muito longe. Como que eu sei? Ora, como, olhando pra ele eu já sabia. Dizem que a esposa dele não ficou muito contente com a separação dos pais, enfim, são duas horas de carro do CR até a chácara do pai dela. Bem, fiquei sabendo porque os colegas sempre comentam a vida dos conhecidos. Mas criatura, não faria agora o menor sentido casar depois de tantos anos vivendo juntos, não acha? Dei o nome ao teu filho, certo, nosso filho. Enfim, do exame de DNA não se pode duvidar. Mas casar. Pra quê? Que garantir o futuro coisa nenhum, Jussara. O que você acha que sejam os meus bens? Ele que trate de estudar, arranjar uma boa profissão pra garantir o futuro dele. E o seu também. Não tenho nada pra deixar de herança. O carro? Mas você não tem jeito mesmo, Jussara, o que você pensa que vale um carro? Em meio ano vocês dois comem o carro com motor, pneus e não sobra nada. Se você quiser, já passo o carro para seu nome. E o que vai resolver isso? Nada. Ele que trate de se aplicar nos estudos. Isso sim, isso é o que eu posso deixar como herança. Aquele outro? Me desliguei. Não quero mais saber daquela gente.

*

Ontem recebi a visita do Clodoaldo, colega de faculdade. Me contou que o tal de Afonso, que conheço desde sempre, continua trabalhando no cartório do mesmo fórum, mas que a cabeça dele já é oferecida numa bandeja. É uma história comprida, que eu desconhecia, e que o Clodoaldo me contou. Ele foi corneado e abandonou a mulher, que também era chifrada por ele. Ali, ó. Viveu alguns anos sozinho, saindo livremente quase todas as noites para inferninhos, boates e lupanares. Mas começou a dar em cima da empregada, que tomava conta do apartamento dele, até que ela foi na lábia dele e começaram a manter relações maritais. Engravidou, a coitada, e por isso ameaçou o patrão. Brigaram, gritaram, choraram. Por fim, ela apareceu um dia com uma sacola de roupas suas, alguns dias depois levou uma bolsa carregada com as miudezas que tinha, até que uma noite, depois do coito, ela declarou muito segura, hoje vou dormir aqui. E isso quem conta, é o próprio Afonso. Nunca mais voltou para o quarto de pensão onde morava. A partir daí, ele assumiu a paternidade do menino, mas começou a beber e jogar. Ele entendeu que os sonhos de grandeza, como ele sonhava, não poderiam mais ser realizados. Perde muito dinheiro jogando e quase tudo que sobra ele bebe. Ele está sob observação dos superiores.

* * *

Minha mãe vem cumprindo suas ameaças. Se eu não encontro uma solução, não sei o que será de mim.

*

Não me parece que o Bernardo continue usando drogas. Anda muito nervoso, como a gente fica sabendo que é um dos sintomas.

★

Até por uma questão de amor próprio, jamais me aproximaria da Geórgia. Ela não me respeitou botando homem na nossa cama.

★

O Clodoaldo me contou que o tal já foi flagrado fedendo a álcool no serviço, logo cedo no início do expediente, e que antes das dez horas não consegue fazer nada.

★ ★ ★

Tive de esperar até bem tarde, o coração rachado e seco, mais alguns fios de cabelo branco na cabeça. Mas não foi o Bernardo da minha espera que entrou pela porta da sala. Surpreso por me ver quase deitada no sofá, com a televisão ligada, àquela hora, ele por certo já estava com os músculos retesados prontos para a pancadaria. Mesmo sabendo que não é meu estilo. Isso foi o que pensei e estava errada. Ele entrou mais ou menos em destroços, uma ruína sobre dois pés. De longe, percebi que tinha os olhos ainda úmidos e inchados e que um fio de baba pendente no canto de sua boca, pingente, brilhante, teimava em não despencar para seu peito. Só quando chegou mais perto comecei a ouvir os soluços do meu filho e me enterneci. Naquele momento, se a causa de sua tristeza fosse a falta da droga, juro, eu mesma teria saído para comprar uma dose, um tanto, não tenho noção de como isso é vendido. Tive sorte. Uma sorte relativa, mas no sentido em que me sentia descambar, acho que foi sorte. Não era a falta da droga, mas era por causa da droga. A namorada por quem ele estava apaixonado dera seu ultimato: ou eu ou a droga. Ela soubera, não se sabe como, que o Bernardo andava envolvido com um povo perigoso. Ou a droga ou eu. Coloquei meu filho a meu lado no sofá e conversei, conversei muito, esvaziei-me em palavras doces, em carícias doces, em lágrimas doces, para ver se o atingia com a intenção de mudá-lo. Ainda não sei se consegui.

★

Faz pouco mais de uma semana me surpreendeu a presença do Bernardo na minha sala, sentado meio teso, numa das poltronas, enquanto a Jussara ocupava a outra e o Lúcio estava deitado no sofá. Assim, eles ali, feito uma família, os três. Na verdade nem se conheciam. Levei um susto. O que poderia estar fazendo ali aquele estafermo que eu não reconheci de imediato, mas que era o mesmo que me ver ainda jovem, por isso deduzi que era o filho da Geórgia. Mas com que finalidade nos visitava? Cumprimentei a todos, e fora de meus hábitos beijei a Jussara numa demonstração de que estava realmente afamiliado com ela, e que, portanto, ninguém poderia interpor-se entre nós. São os jogos sociais com que nos divertimos ou nos molestamos todos os dias. Mas não tive de esperar muito para descobrir o que o trazia ali. Pediu para descermos ao térreo que ele queria uma conversinha muito particular. A Jussara me olhou muito séria, mais assustada do que eu. Então descemos. Lá embaixo, no jardim do prédio, ele contou uma história longa sobre estudos, viagem necessária, uma enrolação que não entendi direito, para, no fim, me pedir dinheiro. Que precisava com urgência. Não é minha especialidade, mas conheço um drogado a mais de um quilômetro. Disse a ele que, de imediato, assim desprevenido, eu não poderia ajudá-lo, mas que ele passasse dentro de umas três semanas, então sim, poderia contar comigo. Claro que na situação do Bernardo seria impossível esperar por três semanas, mas ele não podia sair dizendo que eu recusei ajuda a ele. Foi embora bastante decepcionado, sem poder, entretanto, me acusar de nada.

*

Foi num bar de periferia. As pessoas nos olhavam, e isso me causava bastante mal-estar. Nós não estávamos vestidos como o comum dos fregueses dali e tudo que é diferente causa curiosidade. Foi minha conclusão. Mas vivendo uma situação de risco, como eu vivo, parece haver uma conspiração geral contra a gente. E lá naquela mesa dos fundos ficamos mais de três horas discutindo. Meu fornecedor dizia que não, que isso não podia ser, porque consumidor não pode traficar.

É uma norma e ela respondia à minha pergunta repetida, Mas por que que não? De certa maneira ele estava preso a mim, não podendo me dispensar sem uma razão plausível. Eu era seu consumidor. E o freguês sempre tem razão, toda a vida repetiu minha mãe. Foi naquela época que o céu começou a escurecer, como se a noite fosse derramada sobre o mundo a qualquer hora do dia. O chefe não perdia oportunidade para elogiar Marcelo, que era o caçula, por esperteza e ligeireza e o trabalho bem feito. Como tinham sido uma unidade fraterna até aquele dia, não se declarou a rivalidade muito facilmente. Por fim, desconfiei da norma e imaginei que poderia haver um motivo mais concreto em sua negativa. Então jurei: vou fazer meus próprios clientes, sem fazer concorrência a ninguém. Uma conversa cansativa, mais de três horas. Meu pai de sangue já me jogara para três semanas à frente. Impossível esperar tudo isso. Então foi que tive a ideia. Meu fornecedor precisava ir embora e me prometeu encontro no dia seguinte, quando então me levaria ao chefe. Foram mais três horas de discussão, mas acabei dobrando o cara. Ele, um sujeito muito calado, não sorri e seus olhos pulam de um lado para outro sem cessar. Como experiência, me forneceu dois pinos. Mas delimitou a área em que eu poderia atuar. Em quatro dias paguei o que devia, peguei três pinos e fiquei com dinheiro suficiente para ir tocando minha vida.

★

Hoje de manhã me chegou um rapaz com aparência de origem humilde, mas com um olhar que procurava me deixar por baixo. Havia muito ódio nos traços duros de sua fisionomia. Então quando soube que eu era o diretor desta unidade, mudou sua expressão, que passou a ser de zombaria. Teve um momento do exame que fazemos para entrada de todos os meus hóspedes aqui, em que ele me agrediu com seus olhos escuros e disse quase sem mover os lábios, Tenho dó do senhor. Aquilo me intrigou e procurei continuar o assunto. Por fim, ele disse, Todos nós somos vítimas de uma sociedade podre, nossa única diferença é que eu trabalho contra ela e o senhor, além de vítima, faz o papel de executante de suas leis. O senhor é um reforço desta sociedade caindo de podre. Costumo ter o maior respeito pelos seres humanos que são colocados aos meus cuidados. Por isso perguntei ao rapaz como ele gostaria que fosse a sociedade, para que não parecesse podre. Primeiro respondeu apenas que seria diferente. Insisti, mas diferente em quê? Pensei a princípio que houvesse em sua revolta algum princípio político, alguma ideia do bem que o levasse à revolta. Não havia nada. Ele não soube o que responder. Por fim, chegamos a alguma coisa mais verdadeira – ele fora levado ao roubo apenas por vontade de se exibir, de se mostrar melhor do que seus companheiros de bairro. Por uma frivolidade. Vai arcar com cinco anos, dos quais dois já foram cumpridos em penitenciária.

* * *

O Bernardo anda mais calmo, seu comportamento, no entanto, está muito esquisito. Muito calado, olhar no infinito, e já o surpreendi engrolando umas palavras ininteligíveis quando está sozinho.

*

Há quem diga que o tal Afonso corre o risco de ser aposentado compulsoriamente por não inspirar mais confiança em seus superiores. Andou cometendo faltas até graves por negligência reincidente.

*

Sei que se trata de uma questão cultural muito nossa, mas sou fruto dessa cultura: a traição masculina não traz consequências, quer dizer, não passa de um divertimento. A mulher trai por amor.

*

Não era bem isso que eu queria, mas me senti forçado a assumir os riscos. Já posso dizer que tenho uma bela carteira de clientes fieis. Gostaria de ficar apenas traficando, mas é impossível largar o consumo.

* * *

— Bernardo, senta aqui do meu lado. Isso. E agora preste atenção: alguém me contou que você anda metido com gente da pesada. Que hoje você não é mais apenas uma vítima do vício, que você hoje é parte do sistema, protagonista do tráfico.

— Quem foi que disse isso?

— Alguém.

— Quem?

— Alguém.

— Mas fale, minha mãe. Eu preciso saber.

Soltei um grito selvagem, entre guincho e urro, porque alguma coisa se arrebentava dentro de mim, ao mesmo tempo que, no meu descontrole, minha mão com violência atingiu seu rosto. Ele desabou. Quando se levantou, veio subindo pendurado nuns olhos que me odiavam de um modo como jamais vira no meu filho. Me pareceu que subia disposto a me agredir.

— Sou sua mãe, seu merda. Vai querer me matar pra manter seu caminho livre para o inferno, vai?

Então parece ter acordado de um pesadelo e desabou novamente, mas agora com o rosto molhado no meu regaço.

O calor de sua voz me atingiu as pernas, antes que suas palavras me chegassem à consciência.

— Me ajude, minha mãe, eu estou perdido. Não consigo mais parar. Me ajude.

Comovida com seu apelo, comecei a chorar. E com palavras encharcadas prometi a ele procurar uma clínica para interná-lo. O Bernardo endireitou o corpo, parou de chorar e muito sério:

— De jeito nenhum. Num inferno daqueles não entro. Me desculpe, minha mãe, mas jamais vou concordar em ficar preso num inferno daqueles.

Que mais posso fazer?

★

Não existe dor na perda, tampouco prazer no ganho. Perda ou ganho são corolários, como se um resultado final fosse possível. Eles sempre dependem de um percurso, e é no percurso que está o tempo com que se mede a vida. O prazer só pode estar no caminho que se percorre até o ganho; assim como a dor é resultado dos espinhos que nos ferem durante o movimento para a perda. Mas que tenho eu a dizer, eu que só percorri caminhos descendentes, pedregosos, com espinheiros que se jogam sobre o caminhante? Eu, que ao cabo, por uma sede absurda, entrei pela rota do enganoso prazer efêmero? Paguei um preço muito alto ao pensar que estava levando vantagem, ao me sentir vencedor, escorregava por ladeira de viagem sem volta. Perdi a Geórgia, que também se perdeu com aquela vingança desprezível. Mas perdi também o filho de quem tenho notícias tenebrosas. Engoliu o orgulho que usou como escudo durante muito tempo e veio de rastros implorar o dinheiro com que precisa sustentar o vício. Um rapaz descorado, as carnes mal cobrindo os ossos, os olhos só com muito esforço mantendo-se acesos. Em mim a perda é como me castigo, sem ela existiria apenas o vazio, um vazio interminável.

*

O encontro foi como noite fora de hora. Ao entrar no carro que estacionou na minha frente debaixo do fícus, não entendia muito bem a razão daquele convite, mas logo depois me senti como se estivesse entregando minha alma embrulhada para o início de algum sacrifício. Ele não tirou as mãos do volante e me cumprimentou apenas com um leve movimento de cabeça. Que ele não sorri, eu já sabia. Parece estar sempre mastigando um jiló cru inteiro – seu ar de aborrecimento permanente. No fim do expediente, na volta pra casa, pedalavam um ao lado do outro, amigos como sempre, por isso conversavam e riam com o rosto exposto ao vento, com a alma desenvenenada. Esperei naquele canto de praça, escondido pela sombra de um fícus, mais do que gostaria, mas estava limpo, os bolsos vazios, a cabeça vazia e as mãos trêmulas, como têm andado com frequência ultimamente, mesmo assim estava com um pouco de medo, porque havia um clima de guerra com o qual eu mal atinava: as recomendações para que se tomasse mais cuidado, que se variassem os locais frequentados, para que não déssemos bandeira por aí. Mas até então, vinha-me parecendo que as coisas aconteciam longe de mim, que aquele clima tenso não me atingia. Ele não tirou as mãos do volante e foi só com um leve movimento de cabeça que me cumprimentou. Mal consegui conter minhas mãos, que, por vontade própria, teriam trepidado em lugar de tremer.

★

Hoje o Tadeu veio me procurar quando eu passava pelo corredor. Chamei um dos carcereiros e dei ordem a ele que acompanhasse o rapaz até minha sala e lá me esperassem. Eu ainda precisava dar algumas instruções na marcenaria, onde havia sido alocado um novo aprendiz. De volta à minha sala, encontrei os dois em conversa animada, o Tadeu muito sorridente, nem parecendo aquele rapaz revoltado a que dei guarida há coisa de um mês. Ao me ver, levantou-se e veio apertar minha mão, liberdade que dou a qualquer um dos detentos. Um aperto de mão pode humanizar uma pessoa, como se o contato fosse uma declaração de igualdade. Mandei que sentasse e dispensei o carcereiro. Mas então? E não continuei porque ele já soltava o que tinha guardado, que era sua história. A infância, período da vida em que a inveja foi o sentimento predominante. Sempre com um viés de posse: o que os outros tinham que ele não poderia ter. A inveja, na adolescência, começou a se transformar em rancor, raiva de quem exibia objetos a que ele jamais teria acesso. Foi uma história longa, cheia de detalhes, para finalmente confessar que estava arrependido do que me havia dito no dia de seu ingresso aqui na instituição e perguntou se ainda valia a oferta de exercer alguma atividade. Sabe mexer com estofados, uma especialidade que estava nos fazendo falta.

* * *

O sol desta hora só com esforço atravessa as altas copas das árvores do pátio, vindo manchar cá embaixo as imensas sombras com pequenas lagoas de claridade. Olho pela janela a vaga vazia do meu carro no estacionamento, aquele buraco na paisagem. É a hora mais nostálgica do dia. Daqui a pouco encerro o expediente, mas continuo por aqui, porque a Etelvina está com nosso carro na chácara dos pais. Acordo nosso, na época do casamento. Duas vezes por ano, ela exigiu, e tive de concordar, porque, enfim, eu a estava tirando de seu ambiente. Uma brisa passa pelos galhos mais baixos chiando, fazendo fundo para o titilar dos muitos passarinhos que, a esta altura, já estão procurando onde pousar esta noite. Daqui a pouco será minha vez, mas não com a pressa e a ansiedade de chegar a casa como de outras vezes. Tenho usado um carro do Centro, que é direito meu, mas sempre preferi andar no que é de minha propriedade. Aquele cuja traseira aparece além dos canteiros de valerianas e das duas tuias compactas. Ontem ela telefonou, que está tudo bem com os pais, mas avisam que estão com saudade do genro. Meu sogro gosta muito de conversar comigo, talvez pela vida isolada que leva na chácara. Os pais do Tadeu também moravam numa chácara onde cultivavam verduras e legumes para vender nas quitandas. Era uma vida muito pobre. A partir de amanhã ele vai assumir o estofamento dos móveis. Uma nuvem muito lenta encobre o sol e as sombras das árvores desaparecem. Prometeu estar de volta depois de amanhã.

*

Não muito acelerado, tampouco devagar, o carro deslizou pela avenida cada vez mais distante do centro até entrarmos por algumas ruas escuras praticamente desertas. No alto de uma colina de onde se podia observar pelo menos uns oitocentos metros em todos os sentidos, ele parou. Só então começou a falar. Que a casa do chefe andava sendo vigiada, e parecia gente da polícia. Dois dos nossos e um deles já haviam sido mortos. Qualquer acordo era impossível. E eu pensando estar bem longe de tudo isso, fiquei com medo, medo mesmo, de esfriar o corpo com suor gelado, quando falou que havia suspeita lá em cima de que eu estivesse levando informações para a polícia ou para nossos concorrentes. Jurei por Deus e pela vida da minha mãe que de minha boca nunca saíra informação para lado nenhum. Aos pais, nenhuma mudança foi dado observar. Apesar da ausência dos dois no serviço da lavoura, queixa frequente à esposa, não desaprovava o desejo dos filhos de gerir suas vidas fora dos trilhos criados pela tradição familiar. Tinha chegado a hora. Comecei a me comportar como exigiam meus nervos, isto é, de um modo um tanto escandaloso, com voz descambando para o choro. Ele me acalmou, que eu me acalmasse, que bosta, parecendo uma criança, porque ele tinha saído em minha defesa, mas e isso nem era o mais grave. Então me jogou contra a parede: que tinha ficado sabendo que eu não havia abandonado o consumo da droga como tinha sido nosso acerto. Que eu parasse com urgência e que estivesse prevenido porque a guerra estava começando.

*

Três vezes liguei para o celular dela e três vezes ela me deixou chamando sem atender. Mas agora não me escapa. Faltam cinco minutos para as seis, hora em que terminam as aulas. O dia está abafado, nuvens baixas e imóveis, não se vê o Sol tocando o alto dos edifícios além da praça. A sirene acaba de emitir seu grito agudo, irritante, mas isso me alegra ao mesmo tempo que me aumenta a ansiedade. Aí vem ela cercada pelo bando de colegas e tenho de pular no meio da aglomeração porque ela está passando sem me ver.

— Olá, Cristina.

Me olha de modo estranho, e sinto que não me reconhece imediatamente. Claro, antes eu não usava barba.

— Não está me reconhecendo?

— Você?!

Ela ficou parada na escadaria enquanto o grupo de colegas passou. Ficamos só os dois.

— Mas o que você faz aqui?

— Preciso falar com você.

Ela faz menção de acompanhar os colegas que descem para o jardim e se dispersam na calçada. Jogo meu corpo em sua frente sem fazer escândalo e digo a ela que vai ter de me ouvir. Percebo sua relutância e indico um banco na frente do prédio da faculdade, em meio a flores e arbustos, numa das aleias de saibro perto da rua. Ela concorda e vem abraçada a seu material de aula, muito tensa.

Sentados, começo confessando à Cristina que não sou mais consumidor de droga. Minha ex-namorada, que por causa das drogas me repeliu, me olha com surpresa nos olhos que nunca consegui esquecer. Ela fala de minha aparência. Bem, achei que estava na hora de usar barba, só isso. Então insiste, que não vê o que está por baixo da barba, mas a palidez do restante do rosto, os olhos opacos e esses cabelos sujos e emaranhados, enfim, ela termina, Você está com uma aparência horrível. Ela me pergunta por minha mãe, de quem sempre gostou muito. Minha mãe não tem nada a ver com isso, respondo brusco. E passo a explicar que não faz muito tempo que abandonei a droga, que faço tratamento com um psiquiatra que está me ajudando muito, e que em breve volto a ter a aparência com que ela me conheceu.

Fora da oficina continuavam os mesmos amigos. Aquela preferência por Marcelo é que espinhava a paz de Arlindo.

A Cristina se levanta, e na minha frente, muito perto para que eu não possa me levantar, e pergunta por que meus olhos não param de varrer o espaço todo em nossa volta e minha cabeça parece um ventilador. Gaguejo para responder, confesso que vim porque ainda a amo e que ela tem de me dar uma oportunidade.

— Já dei –, ela responde –, e não adiantou.

Virou as costas e me deixou sozinho.

*

Mas também não foi por achar que resolveria alguma coisa que me recusei a assinar. Sei de leis. Ainda sei. Naquela hora, pego de surpresa na sala da diretora, uma ideia me relampejou frente aos olhos: caio, claro, mas caio de pé. Não vou sair daqui me arrastando. Tenho consciência de que aos poucos fui aceitando a degradação e que agora atingia a lama do fundo onde uma espécie de vertigem me chamava cada vez mais para baixo. Nem por isso me humilharia assinando minha aposentadoria compulsória. Seria concordar com o julgamento de que sou mentalmente incapaz para o exercício das minhas funções. A doutora, como sempre, não se exaltou e me disse que eu não conseguiria retardar o processo, uma vez que duas testemunhas confirmassem que eu estava me recusando a assinar uma decisão judicial.

Não assinei.

Hoje, aposentado, me parece que um peso imenso soltou meus pés, que os grilhões com bolas de aço foram finalmente abertos. Me senti leve, com vontade de voar e a partir de então me sinto novamente um homem, não apenas um funcionário. Não tenho mais necessidade de jogar, tampouco de beber. E a Jussara, que ultimamente vinha administrando nossa casa, reparte agora comigo os assuntos domésticos. É quase uma lua de mel. Ela tem insistido para que assumamos o sítio depois da morte de seu pai, mas venho relutando. Não me parece que eu tenha perfil de sitiante. Quanto ao assunto casamento, bem, já não me parece que ela esteja totalmente sem razão.

*

Ontem fui sozinho ao supermercado que fica nos fundos da igreja, porque sei desde outros tempos que lá os preços são geralmente muito bons. Tinha terminado de estacionar o carro e estava desembarcando quando vejo puxando um carrinho lotado, vindo quase na minha direção, nada menos do que a Geórgia. Titubeei, sem saber se voltava para o interior do carro e me abaixava para que ela não me visse, ou saía logo e ia ao seu encontro procurando em algum recanto de mim mesmo alguma naturalidade. Por fim, tive a impressão de ter sido visto por ela, e em seu rosto me pareceu florir um sorriso muito tímido, mas que era meu. Desci do carro e bati a porta fechando-a. Sua imagem, depois de tantos anos, me fez trêmulo e inseguro, sem conseguir me organizar para um cumprimento civilizado. E foi ela quem estacionou o carrinho perto de mim e ainda sorridente me estendeu a mão. Seu rosto escalavrado por rugas e regos, aquelas pregas, suas olheiras roxas, os cabelos bem arrumados, mas encanecidos, o conjunto de sua aparência envelhecida mais do que seria de supor em sua idade, tudo isso me fez desviar os olhos, fingindo-me interessado em suas compras. Depois de algumas palavras dessas que se usam em tais ocasiões, consegui ler dentro de seus olhos a mesma surpresa com que a vi chegar: não passávamos de dois seres encarquilhados pelo sofrimento muito antes do tempo das carquilhas. As causas da Geórgia eu podia imaginar até com facilidade: seu filho, o Bernardo. Estive tentado a lhe contar sua visita para me achacar dinheiro, mas uns restos de piedade me morderam por dentro e calei. As minhas causas, bem, não preciso imaginar, pois bem sei que fui eu mesmo, com as rotas tortas pelas quais enveredei ao perceber que meus sonhos eram inatingíveis, o causador.

Era uma hora em que sua loja estaria de portas fechadas e a iluminação pública começava a entrar em conflito com uns restos de claridade vindos do ocidente. Pedimos e demos algumas notícias, então ela disse que é, já está anoitecendo, e percebi que nossos assuntos tinham acabado. Não contei a ela que talvez para o próximo ano eu estaria morando num sítio. Não contei porque ainda não tenho muita certeza. Mas parece que na cidadezinha mais próxima só tem um ou dois advogados e não estou impedido de exercer a profissão.

*

O domingo amanheceu com o céu se desmanchando em chuvisqueiro. O Bernardo tomou café comigo, desatento, silencioso, um aspecto fúnebre nos seus olhos parados. Terminou de tomar seu café, levantou-se e disse, Estou indo, mãe. Não pergunto mais aonde ele vai, pois já sei que não responde, ou, respondendo, usa de evasivas, engrola meia dúzia de palavras que não dizem nada. Apenas som sem significado. E foi. Talvez aproveite para lavar um pouco o carro, que anda um lixo. E por pensar em lixo, me lembrei do quarto dele. Há quanto tempo não entrava lá? O dia está bastante escuro, como o semblante do Bernardo, por isso ilumino a casa toda, como se estivesse esperando convidados para uma festa. Ele não me conta mais por que estradas anda correndo, em que embrulho embrulha seus dias, mas minha intuição de mãe sabe que ele se joga em algum fosso onde se afunda, cada vez mais distante de meus olhos e de minhas mãos, que ele rejeita, ainda trêmulo, mas decidido. Que mais posso fazer senão me manter alerta para o momento em que, destroçado, aceite minha ajuda? E este quarto, meu Deus, que mixórdia. Primeiro as coisas no lugar, depois a vassoura. Quanta falta me faz a Guacira. Mas se nem para mim ele dá acesso ao quarto de boa vontade, imagine aceitar que a Guacira entrasse aqui. Nunca. Esta cama virou um ninho de bicho que até fede. Lençol e colcha mais o edredom, tudo pra lavanderia. Como se não tivesse roupa limpa de cama para trocar. Um desleixo igual ao do corpo. Estas roupas no chão, tudo isso para fora, no corredor. Depois boto na máquina. E as gavetas, meias misturadas com cuecas, camisas emboladas com bermudas, roupa suja por cima de roupa limpa. Algumas gavetas chaveadas. Não faço questão de abrir, acho que não me sentiria feliz ao ver o que há aí dentro. E em que foi que tropecei? Ah, o estojo da flauta debaixo da cama. Sufocado na poeira de muito tempo. Já nem me lembro da última vez em que o ouvi tocando flauta.

⋆

Na semana passada encontrei o Afonso no estacionamento do supermercado. Que susto! Um velho descarnado, as maçãs do rosto querendo furar a pele, corcunda e magro. Quando a gente fica muito tempo sem ver alguém, consegue perceber as mudanças todas, mesmo as mais sutis. Por exemplo, a voz dele. Uma voz estragada, nascida na base da garganta, encatarrada sem catarro, aquele som áspero, sem melodia. Trocamos duas, três palavras até ouvir o sino da igreja anunciando a vizinhança da noite, e tratei de me despedir, pois qualquer assunto mais pessoal tornaria o encontro muito constrangedor. Praticamente fugi. E ele, que sonhava com um alto tribunal, falava na inveja de seus colegas como se o futuro estivesse ali, a duas braças de distância, prestou todos os concursos que apareceram, eu soube, sem nunca ter sido aprovado. Ele dizia, Tenho meus contatos. Não conseguiu se valer dos seus contatos. Uma faculdade muito do malfeita, porque estudar nunca foi a vocação do Afonso. Usava até o abuso do único dote com que o provera a natureza. Me contou que está casado e tem um filho deste casamento, coisas que eu já sabia através de amigos comuns. Ah, mas me vinguei.

* * *

Me senti leve, com vontade de voar e a partir de então me sinto novamente um homem, não apenas um funcionário...

*

... e uma brisa passa pelos galhos mais baixos chiando, fazendo fundo para o titilar dos muitos passarinhos que, a esta altura, já estão procurando onde pousar esta noite...

*

... mas ele não me conta mais por que estradas anda correndo, em que embrulho embrulha seus dias, mas minha intuição de mãe sabe que ele se joga em algum fosso onde se afunda...

*

... então se levanta, e na minha frente, muito perto para que eu não possa me levantar, e pergunta por que meus olhos não param de varrer o espaço todo em nossa volta.

* * *

Luz e sons percorrem a cidade em trilhos delgados que atingem os mais esconsos lugares para transmitir os efeitos da trepidação, da vida intensamente furiosa. Não há pausa em sua causa, nem repouso em sua faina. Se em árvores remanescentes entre dunas de vidro e cimento ainda pipilam andorinhas e gorjeiam sabiás, loucas rodas correm sobre o asfalto quente movidas pelo ronco dos motores, que tudo encobre, tudo silencia, tudo muda. Na torre da igreja, o sino teima em resgatar um passado distante com suas aldeias distantes. É a voz que chama, informa, deplora de acordo com a hora e os sucessos do lugar, para em seguida manter o túrgido silêncio de seu bronze exangue. Em suas dezenas e centenas de bares refresca-se o corpo para aquecimento da alma com o acompanhamento de palavras soltas mais ou menos a esmo e risadas mais do que ruidosas. Em renhida disputa pelos passantes das calçadas, a multidão de lojas se expõem e se oferecem a qualquer um, sem qualquer preconceito. Existe muita ansiedade em suas esquinas. Ansiedade e medo porque há por toda parte códigos que se devem decifrar como condição de sobrevivência. Como estacas que se movem, ninguém encara o outro, onde pode estar escondida a tragédia. Mas todos, sem nenhuma exceção, carregam escondidos sonhos irrealizáveis, combustível de seus movimentos. Aquele que passa hoje herdou alguns dos costumes de quem há tempos não passa mais e deixará outro tanto de herança aos que virão passar sobre suas pegadas quando já estiverem extintas.

★ ★ ★

Uma voz tranquila
a carícia de dedos macios em seu rosto
a doce melodia de algumas palavras
então o Sol aparece cortado pelo edifício
em geometria irregular
e fere meus olhos com raios certeiros.

Acordo assustado. No celular uma voz desconhecida Suma daí. Meu primeiro fornecedor foi assassinado ontem à tarde quando saía de um cinema. Ninguém tinha percebido a moto ali estacionada, com dois homens à espera que a sessão terminasse. A guerra está declarada e já começou. E para complicar, a polícia, pelo modo como vem-nos encurralando, está recebendo informações de alguém, o que torna cada um de nós suspeito aos olhos dos demais. Preciso me esconder, ficar fora do mercado por algum tempo. Não se sabe mais de que lado vem o ataque: do nosso pessoal, dos adversários ou da polícia. Tenho de fugir. Tenho de fugir ainda hoje. Estou louco? Hoje não, tenho de fugir agora. A rivalidade é um ácido que corrói lentamente, e os elogios ao irmão mais novo era um líquido azedo. Afasto o lençol com que me cubro e pulo apressado para fora da cama. Uma bermuda, uma camisa e tênis. Levo o que comigo? Não, droga não. Se me pegam estou perdido. Depois volto pra pegar. Algum dinheiro. Claro, todo meu dinheiro. Rápido, antes que a minha mãe acorde. Mas pra onde me atiro? Não sei, nunca me imaginei numa situação destas. Na estrada resolvo, o que não posso é ficar mais tempo aqui, já devem ter meu endereço Suma daí.

*

Uma voz tranquila
a carícia de dedos macios em seu rosto
a doce melodia de algumas palavras
então o Sol aparece cortado pelo edifício
em geometria irregular
e fere meus olhos com raios certeiros.

Acordo assustada. As pancadas na porta estremecem a casa e tenho a sensação de que o lençol que me cobre é uma placa endurecida de cimento. Tento me mover, mas o susto me paralisa. Estou em pânico por imaginar o Bernardo dormindo em seu quarto. Preciso acordar meu filho, preveni-lo do perigo destas pancadas que inundam nossa casa. Corro até seu quarto, e a porta aberta já me avisa que ele não está mais aqui, felizmente. Preciso abrir a porta antes que seja arrombada, mas estou ainda de camisola, é necessário me apresentar mais bem vestida, meu quarto, não me lembro para que lado fica meu quarto, as pancadas são agora ainda mais violentas e ouço gritos do lado de fora, na frente da loja, mas há também passos pesados aqui ao lado onde as janelas, a casa cercada, o Bernardo, pelo menos foi mais esperto, meu penhoar, não consigo abotoar, mãos trêmulas, então grito que já vou e entro na loja ainda escura e abro a porta da frente por onde um coice de sol me atinge os olhos que não veem mais do que sombras invadindo a casa e grito que precisam de um mandado, então o homem que agora vejo me mostra um papel e entra sem pedir licença, invade meu corredor, irrompe na minha intimidade seguido por outros todos eles com muita pressa enquanto um deles que ficou para trás me pergunta puxando meu braço onde é que ele esconde e me lembro das gavetas chaveadas em sua cômoda, eles arrombam o que não podem abrir sem o respeito que exijo para meu filho. Espio do corredor para dentro do quarto onde não há mais gaveta aberta, todas vazias, mas eles continuam revirando tudo. Então um deles descobre uma abertura por baixo do colchão, e grita Aqui, vinte pinos, inspetor.

★

Uma voz tranquila
a carícia de dedos macios em seu rosto
a doce melodia de algumas palavras
então o Sol aparece cortado pelo edifício
em geometria irregular
e fere meus olhos com raios certeiros.

Acordo devagar. Alguma claridade do dia já penetra no quarto pela veneziana, uma luz indireta que entra com o acompanhamento de gorjeios de sabiás, canto de bem-te-vis, pipilar de pardais, e, de mais longe ainda chega o canto triste, um lamento gutural meio tremido, como se as seriemas estivessem com vontade de chorar. Afasto o lençol e me alongo, pensando no dia vazio que terei pela frente. Mais um. A Jussara há muito deve estar lidando na cozinha de onde me chega o cheiro forte do café. Não é vontade de chorar o que o canto das seriemas me causa, mas a constatação de que aqui no sítio, desde que chegamos, sou uma nulidade sentada na beira do rio vendo as águas passarem sem saber para onde vão, sem saber por que passam, sem saber, apenas vendo passarem. O Lúcio não ficou mais do que três dias aqui. Foi morar com uma tia que nunca tinha visto e por quem sentiu um amor repentino, numa cidadezinha aqui perto. Concordamos que fosse porque havia uma escola em suas alegações. Ou arranjo alguma ocupação por estes esconsos do fim do mundo, onde tenho de andar mais de dois quilômetros para conseguir um sinal de celular, ou volto para o lugar de onde vim. Mas agora o melhor é aproveitar enquanto o café está quente.

*

Uma voz tranquila
a carícia de dedos macios em seu rosto
a doce melodia de algumas palavras
então o Sol aparece cortado pelo edifício
em geometria irregular
e fere meus olhos com raios certeiros.

Acordo devagar. E devagar afasto de mim o lençol, sem movimento brusco, com muito cuidado porque a Etelvina ainda ressona como uma criança. Encaro o despertador e acho que está na hora de sair da cama. Deixo minha mulher dormindo e vou tomar café no CR. Toda vez que faço isso, compartilhando o desjejum com os detentos, um deles me disse que é como se eu repartisse com eles todos minha liberdade. Por algumas horas eles respiram um ar mais fresco. Esta semana quase lotamos a unidade, apesar do cumprimento da pena de cinco deles. Foi uma despedida com alguma tristeza por causa do longo convívio, mas também de alegria por sabermos que os cinco já estão abrigados pelas famílias e por amigos, que vão ajudá-los na reintegração social. O Tadeu, outro dia, numa recaída, veio me dizer que esta unidade é um centro de domesticação, que os egressos do CR vão dizer amém-sim-senhor para todas as injustiças que tiverem de sofrer pelo resto de suas vidas. Preciso descobrir o que esse rapaz anda lendo sem que a gente saiba. Essa recaída só pode ser resultado de algumas leituras impróprias. Ontem fiquei sabendo que a polícia, depois de dois anos de investigações, está desbaratando duas quadrilhas de traficantes. Que foi um trabalho de inteligência, com infiltração nos dois grupos conhecidos da cidade. A duzentos quilômetros daqui, isso pouco nos afeta.

* * *

Toda vez que faço isso, compartilhando o desjejum com os detentos, um deles me disse que é como se eu repartisse com eles todos minha liberdade.

★

Não é vontade de chorar o que o canto das seriemas me causa, mas a constatação de que aqui no sítio, desde que chegamos, sou uma nulidade sentada na beira do rio vendo as águas passarem sem saber para onde vão, sem saber por que passam, sem saber, apenas vendo passarem.

★

Estou em pânico por imaginar o Bernardo dormindo em seu quarto. Preciso acordar meu filho, preveni-lo do perigo destas pancadas que inundam nossa casa. Corro até seu quarto, e a porta aberta já me avisa que ele não está mais aqui, felizmente.

★

Preciso me esconder, ficar fora do mercado por algum tempo. Não se sabe mais de que lado vem o ataque: do nosso pessoal, dos adversários ou da polícia. Tenho de fugir. Tenho de fugir ainda hoje.

★ ★ ★

Segundo dia sem notícias do Oscar, e todas as providências em andamento. Na fábrica de blocos disseram que saiu normalmente no horário de todos os dias. Como sempre, de bicicleta. Sinal nenhum de que tinha algum plano diferente. Isso me magoa porque, além do despacho do juiz autorizando, sou eu quem abono a saída de cada um dos detentos para trabalhar fora. Não é o primeiro caso, talvez não seja o último, mas sempre me sinto assim, traído, como se a crença no ser humano fosse uma ingenuidade imbecilizante. E esta chuva que parece não ter mais fim. As árvores já nem conseguem mais sorrir, as folhas rebrilhando encharcadas, mas descaídas, tristonhas. E na estrada, aquelas poças que se formam, fundas, perigosas. O Medeiros acaba de sair da minha sala. Não gostei do modo como me olhou para dizer que eu acredito demais nesta cambada de malfeitores. Que do Oscar ele sempre teve desconfiança. Um dia, bem, um dia. Que é um idiota: faltando sete meses para terminar de cumprir a pena. Quem sabe até cancelar essas licenças para trabalhar fora, hein, Doutor. E o Medeiros, apesar dessas ideias dele, essa truculência, é um de meus melhores auxiliares. Não posso dar ouvido ao que alguns deles aqui do CR dizem. Mas isso tudo me deixa triste. Não é vontade de chorar o que o canto das seriemas me causa... Sete meses e estaria livre para voltar a viver com a família, como ele sempre fingia querer. Sim, porque agora, com esta fuga, não vai mais poder ter uma vida normal, como a maioria das pessoas. Dois dias já, nem sinal dele, tampouco da bicicleta.

★

Enfim, depois de tanta hesitação, volto para casa com o contrato de aluguel assinado. Não suportava mais os dias com tanto sol completamente nu, exposto sem nenhum pudor a nos queimar a cabeça. Por sorte o dia amanheceu nublado e no meio da tarde começou a chover. Insuportável essa claridade contínua penetrando por olhos machucados até atingir nossas entranhas. O ruim da viagem foi a notícia que levo comigo da prisão do Bernardo. Bem que imaginei, quando ele me procurou pedindo dinheiro, que se daria mal. Do consumo, segundo a matéria do jornal, passou ao tráfico e acabou preso... mas a constatação de que aqui no sítio, desde que aqui chegamos... Não que eu possa livrar o Bernardo, que afinal de contas é meu filho, e apesar dos contatos que já tive e não sei se continuo tendo, gente que resolve, isso não, mas julgo de minha obrigação, não só telefonar, mas claro que há muito tempo não tenho o telefone de nenhum dos dois, por isso acho que só me resta fazer uma viagem e procurar a Geórgia, se posso fazer alguma coisa. Tenho muitos conhecidos entre os advogados da cidade, e é quase certo a Geórgia andar sem grandes recursos, pois já deve vir gastando muito com esse rapaz, só não posso esquecer o tamanho do orgulho daquela mulher. Aqui preciso tomar mais cuidado por causa das curvas cobertas de lama. Ali no campo, as vacas paradas, a traseira virada para o lado do vento, os dois cavalos, o tordilho e o baio na mesma posição. São animais do meu vizinho, que ficou exultante quando soube que sou advogado. No início um pouco incrédulo, mas ao ter certeza foi lá em casa, me levou duas galinhas, e disse que agora, agora sim, uma demanda que tem com a família do sogro, questão de herança, que agora botava tudo na minha mão. Pois é, agora já tenho meu escritório. Bem, não posso esquecer o ciúme da Jussara. Meu escritório na praça ao lado da igreja.

★

Como pode ser tão fria uma sala de espera? Piso de cimento queimado, paredes descascando cobertas com mapas, avisos, instruções, tudo muito velho e sujo, dez cadeiras pretas de plástico e um banco já gasto que não merece confiança. Deprimente, isto sim. E eu lá, muito contente com a fuga do Bernardo, quando me espancam a porta com murros que fazem a casa tremer. Como imaginar que ele tivesse aqueles pinos escondidos dentro do colchão! Se me avisasse, eu dava um jeito de esconder no quintal, enterrar aquela porcaria, qualquer outra solução. Mas não, não confiava na própria mãe. Assim que saíram os policiais, o telefonema. Nervoso, uma voz irreconhecível, me deu o endereço da delegacia. Fui preso, mãe, estou te esperando. Acaba de entrar um homem inteiramente encharcado. Deixou um rastro de água em sua passagem e se embarafustou por um corredor. Esta gente daqui tem dureza na expressão. Dá medo. Que eu esperasse. Pela porta de vidro, posso ver a chuva caindo na rua como se estivessem desmanchando o céu. Um rapaz que parece não ter mais de quinze anos, com um revólver maior do que ele pendurado na cintura me aborda, Dona, o delegado disse que a senhora pode entrar. Me levanto, ergo a sacola e sumo no corredor escuro. Por que essa gente não gosta de claridade? A primeira porta está aberta e o rapazinho faz um gesto para que eu entre. Atrás de uma escrivaninha atopetada de papéis e pastas, um homem de gravata, sem paletó, termina de ler um formulário, me olha e manda que eu sente. Me pergunta se eu já sabia que tinha um filho envolvido com o tráfico, e respondo que tinha minhas desconfianças de que era consumidor, mas não traficante, isso até um dos policiais ter descoberto esses pinos aí no quarto do meu filho. Manda pelo interfone alguém trazer o Bernardo. Meu coração para de funcionar quando ele diz para trazerem o indiciado, pois para mim é apenas meu filho, sem qualquer adjetivo. Não demora, o Bernardo entra acompanhado por outro policial e se joga aos berros no meu pescoço. Não resisto e choro também... sou uma nulidade sentada na beira do rio vendo as águas passarem... Trocamos algumas palavras, até que o delegado dá suas explicações, que procuremos um advogado, que o Bernardo, durante a fase de instrução do processo e até seu julgamento vai ser encaminhado ao Centro Provisório, que posso visitá-lo etc. etc. etc. e blá-blá-blá, então manda o guarda examinar o conteúdo da sacola, nada suspeito, e declara que a entrevista está encerrada. Quando estava perto da porta, me chama de volta. Aqui, dona Geórgia, a chave e os documentos do carro do seu filho. Não encontraram nada de errado nele. Me informa o lugar onde retirá-lo, me faz assinar um documento e me entrega uma autorização. Finalmente saio para a chuva.

★

Acho que fiz papel de criança, e fiz mesmo, porque é como criança que me sinto desde o momento em que saí de casa sem ao menos me despedir da minha mãe, com medo, sem saber o que fazer, para onde ir, sem saber o que estava acontecendo, mas pensando que poderia escapar dessa e já completamente morto de arrependimento por ter ouvido os primeiros colegas que me disseram, Experimenta, cara, você não é homem? Tinha andado uns três quarteirões quando vi que estava sendo seguido, aqueles faróis que, de tanta iluminação, não me deixavam ver por onde andava. Então, numa esquina, nem me lembro qual foi, as viaturas policiais fechando todas as passagens. E era um cruzamento. Pensei em dar marcha à ré, mas os dois faróis, mais claros do que o dia, já encostavam na minha traseira. Fiquei parado, esperando, vazio de qualquer pensamento, entregue, esperando sem saber o quê, mas com a sensação meio indefinida de que era meu fim. Sua rivalidade, contudo, era apenas funcional. Nos fins de semana, voltavam aos campos, montavam, brincavam com os cachorros, riam e conversavam como dois irmãos. Um dia, apareceu a Clarisse e os dois ficaram encantados. Pronto, foi meu único pensamento, tudo acabou, eu acabei. Chegaram dois de cada lado apontando armas para meu lado. Eu não me mexia. Eles mandavam que eu saísse com as mãos na cabeça e eu não saía nem botava as mãos na cabeça, simplesmente eu não me mexia, pois tinha sofrido um ataque de paralisia. Era o medo. Mesmo agora, protegido aqui pelas grades do Centro Provisório, me sinto vulnerável. Existem canais invisíveis por onde passam instruções, por onde transitam decretos, de onde partem a vida e a morte. Não se sabe com quem se convive, o que pensa cada um, a quem obedece, do que é capaz. Já ouvi muita história sobre isso. Me botaram em uma cela com mais sete. E hoje não temos pátio porque não para de chover. Tudo pra mim aqui é novo, em tudo apalpo com cuidado, e calado é como olho, observo, me fingindo de morto... sem saber para onde passam, sem saber, apenas vendo passar... Por enquanto não encontrei nenhum membro do grupo que eu conhecesse, apesar de que não conhecia, imagino eu, nem um décimo da turma, da nossa, e muito menos do grupo com quem estávamos disputando espaço. Minha tarefa não era participar da guerra, mas manter as bocas que eram de minha responsabilidade. Nunca usei uma arma.

* * *

Estou na minha loja atendendo uma freguesa e não poderia estar alhures. Este é meu lugar.

★

Estou no meu carro viajando para ajudar um filho e não poderia estar alhures. Este é meu lugar.

★

Estou na minha sala entrevistando um cliente e não poderia estar alhures. Este é meu lugar.

★

Estou numa cela conversando com outros prisioneiros e não poderia estar alhures. Este é meu lugar.

★ ★ ★

Os telhados se encolhem suportando a chuva nas costas e brilham de um brilho frio e mudo. Nas árvores da avenida, as folhas pendem penitentes, encurvadas sem esperar a velhice. Um córrego se forma no meio-fio e desce em corcovos, revoluteios, contorcendo-se antes de sumir na boca de lobo e precipitar-se na escuridão onde só o nada existe, onde há frio, que é uma das formas materiais do nada. As nuvens continuam amontoadas, escorando-se umas nas outras, esperando a dissolução final. O ruído dos pingos sobre os rufos junta-se ao repique monótono das goteiras numa banda somente de percussão. No rosto que aparece além da vidraça, há dois olhos que perscrutam o ritmo da chuva, há um nariz que enevoa o vidro e uma saudade da estiagem. Uma andorinha traça preto círculo no cinza do céu, preocupada com sua refeição, que tenta escapar batendo pequenas asas transparentes, mas ela consegue, por fim, capturar o cupim fugitivo. Em sua dissolução, as nuvens são trespassa-

das por alguma claridade que intensifica o brilho dos telhados. Os carros passam jogando água para cima e para os lados, com seus limpadores de para-brisa dizendo pra lá, pra cá sem nunca pararem. Guarda-chuvas tropeçam uns nos outros sem pedir desculpas. Estão molhados e com frio.

* * *

Como um membro amputado, de repente esta mutilação, o Bernardo cada vez mais longe, além das distâncias, invisível, meu filho é hóspede agora de um Centro de Detenção Provisória, onde pode mofar à espera do julgamento. O Afonso esteve aqui. Entrou como um susto pela porta da loja, me viu com espanto nos olhos, depois me disse que não esperava me encontrar com tanto cabelo branco. Atrapalhada, não sabia o que dizer a ele. Não me convida a entrar?, com sorriso depois do espanto. Passou-se muito tempo, nem sei quanto, desde a última vez que nos vimos. Continua um homem bonito, aquele sorriso sedutor que me cativou na juventude. Sua aparência melhorou e imagino que a vida no sítio esteja fazendo-lhe bem. Só que agora uns traços muito leves de alguma tristeza. Mandei que entrasse e ele veio apertar a minha mão, braço estendido, as distâncias convenientes. Subiu para a sala e não sei o que ficou fazendo enquanto despachava a menina que veio comprar umas ninharias. Talvez olhando as paredes forradas de fotos e telas, um tapete, a maioria novidade para ele, mas uns restos ainda de seu tempo. Quando sentei em sua frente, me perguntou como andavam as coisas com o Bernardo. Disse o que sabia e ele sabia mais do que eu. Não tenho mais a Guacira, por isso convidei-o para a cozinha, onde preparei um café para nós dois. Comentou as tramitações normais num caso como esse, falou de prazos, contou que agora mora num sítio, mas que abriu escritório na cidadezinha perto de onde mora. Por fim, antes de se despedir, afirmou que tem contatos, e que faria todo empenho para que o destino do Bernardo fosse logo decidido. Deixaria um advogado de sua confiança encarregado de assumir o caso. Apertou minha mão, atravessou a casa, atravessou a loja e sumiu pela porta da rua.

★

O Medeiros entra afobado e sem tempo de pedir licença. Apesar das exigências da disciplina, relevo algumas de suas atitudes por ser um excelente auxiliar, mas principalmente agora que vejo fantasmas pegados em seu rosto. Doutor, vamos logo! Ainda não é meio-dia, mas já estou com fome e hoje almoço aqui mesmo, então num relance avalio a entrada do Medeiros e necessariamente chego à conclusão de que não é para o almoço que ele me convida. Como eu não faço gesto nenhum indicando que vou levantar da cadeira, ele despeja num único jato.

— Encontraram um corpo.

Sua frase diz muito pouco, mas sou obrigado a imaginar que ele esteja supondo alguma importância no corpo que encontraram. Exijo que se explique melhor, e o Medeiros conta o que sabe, que dois cortadores de cana, aqui perto, na ladeira que desce para o rio, encontraram um corpo de homem em estado de decomposição, quase enterrado no barro numa leira no meio do canavial. Que a perícia já foi chamada e nós precisamos chegar lá primeiro.

— Mas por quê, homem de deus?

Que não acredita, ele, que eu ainda não tenha desconfiado.

— Ainda não desconfiou, doutor?

Por fim me dou conta do que pode ser e me levanto com pressa. Vamos. Então vamos. E vamos no carro dele, que já tem informações sobre o local. Ele sai da estrada e entra por um carreador escorregadio por causa do barro deixado pelas chuvas dos últimos dias. As nuvens que escondem o Sol não me parecem ameaçar novos aguaceiros. Por aqui a cana já foi abatida e levada embora. Ele, o Medeiros, fala sem parar. Eu prefiro ficar quieto. Faltando sete meses, ele repete a toda hora. Mulher e dois filhos. Mas se não for ele?, eu penso. Ali à direita, um grupo de pessoas conversando. Duas viaturas da perícia e da investigação nos seguem de perto. Pulo do carro e me embarro os sapatos, mas chegamos antes de todos. Não preciso chegar muito perto para reconhecer as roupas do Oscar. Ele está deformado, irreconhecível, mas a roupa é a dele, sem a menor dúvida. Tem a cabeça quase toda coberta de lama, o rosto só mostra um pedaço do queixo e da face, o cabelo que aparece está empastado de barro, mas é do Oscar. Não sei se mais me entristeço pela pessoa que se reconstrói, o homem que em sete meses pretendia voltar para a esposa e os filhos, com mudança de rumo na vida, outros caminhos, ou mais me alegro pela certeza de que ele não foi desonesto nem traiu minha confiança. Morreu um homem em reconstrução.

Não, não me sinto um inútil por ficar aqui no alpendre apreciando de longe o que eles fazem debaixo do velho angico. Minha sogra, que nunca morou em cidade, fica por aqui, também, sem vontade de se envolver na lida desse povo aí. Ela, além de bastante velha, é um pouco enjoada: diz que não gosta de ver sangue. Então fica por aqui, fingindo que faz alguma coisa útil. A Jussara parece ter encontrado seu ambiente ideal. Já da missa trouxe uns quatro ou cinco vizinhos que nem trocaram de roupa, e os comanda nos preparativos. Outros vizinhos chegaram mais bem preparados, de roupas e de instrumentos. Um deles, um grandão, pendura o porco pelas patas traseiras, e puxa a corda, e puxa mais a corda, até que a cabeça do animal fique a pouco mais de um metro do chão. Ali perto, em cima do fogo entre duas pedras, o caldeirão ferve, acho eu, porque solta muito vapor. Eu fico observando. Alguns dos vizinhos que vieram ajudar, fingem alguma necessidade por aqui só porque querem me ver mais de perto. Mas não conseguem fazer com que eu me sinta um inútil, pois não sei nada da vida e da faina diária de um sítio. A Jussara chama um magrelo que via tudo sentado num cepo perto do fogo. Ela me disse que o tal rapazinho não erra cutilada. Vai certeiro ao coração. Ele se levanta devagar, pois conhece o respeito que sua habilidade infunde nos conhecidos. Se aproxima do porco. Há cordas que prendem o bicho, há gente segurando uma vasilha por baixo para aparar o sangue, suponho. Um salto rápido, um movimento brusco de braço e o grito horroroso do animal. O sangue jorra numa bacia de alumínio com um metro de diâmetro. Alguns cachorros da vizinhança também vieram parecendo adivinhar o que aconteceria, mas os três mastins da Jussara os botaram a correr. Agora estão sentados a distância, observando, e soltando intermitentes ganidos de impaciência. Já conhecem o movimento e seu prêmio final. Hoje de manhã, antes de sair para a igreja, ela me avisou que teríamos muita gente ajudando. Passou alguns dias sem falar comigo, a Jussara, por causa de minha viagem para ver minha ex-mulher, prestar alguma assistência. Ciúme, ela confessou ontem à noite, na cama, quando já não resistia a minhas carícias. Ciúme, medo de que eu não voltasse mais. Um dos homens vai soltando a corda enquanto outros três vão carregando o corpo inerte para cima de uma mesa. Agora que entendi a razão da água fervente. E eles raspam, e o pelo vai soltando, até que limpo, sem roupa que o cubra, volta para a posição inicial. Começa a ser aberto de cima pra baixo, operação em que a Jussara vem descansar aqui a meu lado. Com uma toalha velha ela enxuga o suor do rosto. A mãe lhe traz uma xícara de café.

★

Hoje temos banho de sol porque as nuvens foram levadas para outros lugares com necessidade de sombra. Duas horas, essa é nossa cota com jeito de prêmio, pois alguns, ainda não entendi por quê, ficam nas celas. Meus companheiros de destino se espalham pelo pátio em pequenos grupos, que se isolam para seus assuntos particulares, seus interesses comuns, mas me avisaram que tomasse cuidado, pois ninguém aqui sabe o que se passa fora do sistema, e falam em pombo-correio, ordens que vêm de lá, do outro lado destas muralhas, e instruções que saem daqui para a cidade e para além dela. É uma rede perigosa. E eu não sei quem pode estar aqui dentro e a mando de quem. Meu sono tem sido agitado e fragmentado, ouço ruídos inexistentes, vejo vultos que não existem, me preparo para a defesa de golpes que apenas imagino. Fico sozinho, caminhando sem me chegar a grupo nenhum. Eles conversam sem parar, alguns me olham, não sei se por mera curiosidade ou marcando minha fisionomia. Muito desconfortável tudo isso. Muito cansativo. Um companheiro da cela 17 se chega, me para, e começa a contar que matou mesmo, se não matasse, morria a paulada, por isso, quando o dono do carro ergueu o braço, enfiou a faca até o fundo, e foi aquela sangueira toda jorrando em cima dele, de forma que ficou marcado e dois quarteirões além foi preso. Que ainda sentia o cheiro do sangue, aquele líquido pegajoso em seu rosto, sua roupa. Nunca tinha pensado em matar ninguém, mas se não matasse, morria. Ele me parece necessitado de se aliviar da imagem de um corpo tombando. Que ainda ouvia o barulho: em cima da calçada. A Clarisse um dia saía com um, outro dia com outro, às vezes com os dois, sem se fixar em nenhum deles. O Arlindo alegava o direito de progenitura, e Marcelo alegava que isso não existia mais. Parou um pouco e perguntou por que vim parar aqui. Falei sem muito detalhe sobre as drogas, mas me calei logo, pois nunca se sabe, a guerra estava declarada e já tinha começado quando me pegaram. Minha mãe, no domingo, me contou que não, que muitos do bando foram mortos, muitos mesmo, uns poucos foram presos e alguns fugiram para outros estados, para bem longe. Ah, e que os presos dos grupos em guerra eram distribuídos em unidades diferentes. Mas quer, mesmo assim, que eu fique de olho aberto. E é de olho aberto que fico. Este aqui pode estar inventando essa história para me investigar. Por isso fico calado, não conto mais nada que seja verdade. Nem de que cidade eu venho conto pra ele. Tem nada que saber. Que se não matasse, morria. Quem é que me garante?

* * *

Até cortinas, disseram alguns, acredito que emocionados, ou deslumbrados, um ambiente onde voltam a sentir-se humanos. O sol não consegue chegar inteiro aqui dentro. E sua claridade macia alegra o salão. Como não gosto de discurso, ativo ou passivo, mandei botar esta mesa aqui, com toalha branca e posso ficar sentado com a parte inferior do corpo confortavelmente escondida. Pretendo dizer alguma coisa, breve mas significativa, porque, enfim, vieram representantes dos poderes, alguns deles que arcaram com as despesas. Tenho de me levantar para receber os cumprimentos do Secretário da Educação, que veio representando o Prefeito em viagem. Ele aperta minha mão e senta-se na última cadeira vaga atrás da mesa. O salão, onde vão ficar as mesas de estudos, está lotado. São mais de duzentos homens, alguns condenados por faltas banais, outros por roubo e até por homicídios. Eles nos olham cada um com suas expectativas a nosso respeito. O Medeiros me desaconselhou a reunião todos eles nesta sala, um motim, alguma violência, por isso permiti que ele organizasse nossos guardas de maneira que nos sentíssemos seguros entre tantos prisioneiros. Sem me levantar, dou um sinal para um dos carcereiros acionar a campainha, um sinal que todos eles conhecem bem. Em segundos, ouve-se até o diálogo de duas moscas. Cochicho para as autoridades que deverão falar, pedindo que não se excedam no tempo. Esta é a regra. O estouro da boiada é fruto de irritação. Palavrório sem fim é irritante. Fala um, diz o essencial, fala outro, que deve mesmo é estar com medo, porque treme e sua voz está distorcida. Finalmente falo eu, e digo que este é o espaço onde deverão, por algumas horas, fruir a sensação de que estão livres, e poderão viajar para os lugares que quiserem. Esta é sua biblioteca, e nas estantes, como estão vendo, vão encontrar outras vidas, outros problemas, todo tipo de comportamento, de sentimentos, em viagens que jamais poderão esquecer. Eles me aplaudem, e em ordem nos retiramos do salão sob a batuta do Medeiros, que tudo organizou.

★

Com alguma pressa termino de fazer o pacote deste homem magro e pálido, respiração de asmático, deve ser presente para uma neta, a jardineira azul com debruns vermelhos, ficou encantado quando viu. Me pergunta se aceito cheque, apesar do aviso em cartolina em letras garrafais. É um caso que nega a regra geral: as pessoas só acreditam no que está escrito. Todos leem e perguntam. Paga com dinheiro e se despede com movimento de cabeça, um homem educado. Percebo que alguém entra e fica entre os mostruários parece que escolhe alguma coisa, começo a atender uma freguesa antiga, ela me dá dois beijinhos no rosto, que está precisando de uma calça jeans, trago umas dez e jogo em cima de um dos balcões-mostruários, ela começa a revolver a montanha, sem pressa, enquanto mostro o que tenho de tênis para esta moça que nunca vi por aqui. Pois e não é que de longe a Alzira me cumprimenta sorrindo? Foi ela que acabou de entrar. A freguesa entrou na cabine para provar uma das calças, a mocinha já está com os tênis nos pés, porque já escolheu, então vamos até o caixa, ela paga, e volto a mostrar outras calças para a freguesa, que volta com uma delas para a cabine, acho que está um pouquinho acima do peso, então chego perto da Alzira e ela diz que precisa falar comigo, que não veio comprar nada. A freguesa pega o pacote com a calça escolhida, paga e se despede novamente com dois beijinhos na face. Agora estamos só a Alzira e eu aqui, ela como sempre muito elegante, ares de grande dama que nunca me agradaram muito. Não tenho muita simpatia por ela, principalmente porque fiquei sabendo que o Afonso andou interessado nesta mulher. Olha, ela começa, não vá se ofender com minha oferta. E por aí vai, que sabe como é a vida, passou por muitas dificuldades e foi falando, por isso entende muito bem meu drama. Por fim, ela se oferece para me ajudar, que precisando sair por causa do Bernardo, é só dar um alô, ali na casa dela que ela vem tomar conta da loja pra mim. Eu paro perplexa, as mãos no peito, os dedos cruzados, segurando o coração para que ele não salte para fora. Mas isso é coisa que aconteça comigo numa tarde ensolarada de terça-feira? Fico muda, meus lábios tremem, sinto duas lágrimas despencando pelo rosto.

Não resisto e pulo no seu pescoço e escondo a cabeça em seu ombro e choro como há muito não chorava.

★

Não precisavam caprichar tanto na criação de ambientes tétricos. Esta saleta gradeada e de pouca luz, com aquela janelinha no alto e suas cinco barras de ferro, mais nada além da mesa e das duas cadeiras: um lugar deprimente. Meu sonho era inventar um líquido poderoso que em poucos segundos dissolvesse qualquer quantidade de ferro. Então, sim, eles teriam com que se preocupar. Um carcereiro abre a porta e entra o advogado. Ele traz uma pasta pendurada na mão esquerda e me aperta a mão num cumprimento bem profissional. Figura mais estereotipada não pode ser. Ele senta e me pede que sente também. Parece um pouco nervoso, fala rápido, está suado, executa gestos bruscos, que me assustam um pouco. Mas o nervoso aqui não deveria ser eu? Tira alguns papéis da pasta, se atrapalha na escolha por onde começar, então abandona a papelada em cima da mesa, me encara e diz como se estivesse declarando uma lei universal que tinha sido contratado por meu pai e que, antes de qualquer coisa, estava encarregado de fazer meu processo andar o mais rápido possível. Se eu sabia que há prisioneiros nesta unidade que esperam há vários anos por julgamento e que alguns, por falta de um causídico, já cumpriram pena bem superior à que será imposta pelo juiz. Respondo que sei mais ou menos, que os companheiros comentam e apontam alguns desses infelizes que por aqui mofam. Conta que foi colega de faculdade do meu pai, com quem, em sua opinião, me pareço muito, e que não vai decepcionar o amigo. Me faz perguntas: como fui preso, o que encontraram comigo, se reagi à voz de prisão, quais objetos encontraram em minha casa que me incriminam, hoje estou com um pouco de sono, como tenho estado com muita frequência, mesmo sabendo que as celas permanecem trancadas durante a noite. Num fim de domingo, a noite caindo sem o menor ruído, Marcelo, que havia desaparecido desde o meio-dia, reaparece em casa com a expressão de glória no rosto. Levei a Clarisse a um motel, confessa ao irmão. Ao bocejar, me desculpo e conto como tenho dormido mal, e ele reforça o que minha mãe já havia dito, que o sistema carcerário evita manter na mesma instituição indivíduos de grupos conflitantes. Falo nas informações e instruções que transitam em todo o sistema. Ele fica um pouco mais sério e diz que é por isso mesmo que vai agilizar o máximo que puder meu processo. Me pergunta como eram meus contatos, qual minha participação na guerra entre os dois grupos, quais meus inimigos. Depois que relato com detalhes toda a minha atividade no tráfico, ele para com as mãos descansando sobre a mesa e diz que não, que no meu caso não corro grandes perigos. Mas que não feche os olhos. Sai dizendo que qualquer novidade me manterá informado. Sai mais nervoso ainda do que chegou, depois de juntar os papéis, onde fez algumas anotações, e os empurrar para dentro da pasta. Não deixava uma janela com estas grades. Também saio.

★

A irmã da Jussara está lá com ela na cozinha, ouço daqui o som misturado de palavras das duas, que têm voz muito semelhante, como se fosse uma só. Estão preparando o banquete, foi o que me disseram. Meu cunhado veio me fazer companhia no alpendre porque a manhã está bastante agradável, um sol maneiro carregado nas ondas de uma aragem fresca. Mesmo assim, ele não dispensou uma garrafa de cerveja que nem sei por que estava na geladeira, se não bebo mais. Parece que sobrou daquele dia em que um bando de vizinhos veio ajudar a matar um porco, ali debaixo do angico, onde agora o Lúcio brinca com um dos cachorros, jogando uma coisa que parece um pedaço de osso, deve ser do porco, para o Sultão buscar. Que se parece comigo. Eu não vejo semelhança nenhuma. A testa e os olhos são da Jussara, talvez o cabelo seja o meu, mas não muito mais do que isso. Demoro a entender a pergunta que o meu cunhado me faz porque o discurso dele é muito confuso, por fim descubro que ele quer saber se um advogado pode, num júri popular, exercer a acusação e quando respondo que sim, que pode, se para isso for contratado, se espanta e diz que sempre ouvira falar que é o promotor quem faz a acusação. Explico da forma mais simples e parece que ele entende. Meu cunhado é borracheiro e, além de dizer que os pneus traseiros do meu carro estão gastos, me explica que as lonas, sei lá o que ele quer dizer, além disso os assuntos entre nós dois, epa, o Lúcio foi atropelado pelo Sultão e caiu, mas já se levanta dando risadas. Neste som que sai aos borbotões de sua garganta, nele sim, parece que estou presente, não sei se é no ritmo, no timbre, não sei onde, mas me vejo com doze anos rindo de qualquer coisa. Fisicamente, não parecem irmãs. A Jussara é acanhada, se veste mal, tem mãos de homem. Sua irmã diz que detesta a vida no sítio.

* * *

Sou o pai de muitos filhos
todos aqui confinados
todos a mim confiados
multidão de sonhos nos olhos
guiados por trilhos tortos
trazer um a um de volta para casa
sem castrar sua humanidade
eis o desafio que me angustia

*

Sou a mãe de um filho só
hoje longe dos meus olhos
membro amputado de meu corpo
mas que em mim pulsa ainda
e ainda dói

trazê-lo de volta pra casa
inteiro e sem feridas
eis o sonho que acalento

*

Sou o filho transviado
perdido num trilho torto
jogado num fundo poço
de onde não vejo o futuro
parece um sonho absurdo
voltar um dia pra casa
mas nada desejo tanto
quanto o abraço da minha mãe

*

Sou um pai desajeitado
de dois filhos com duas mães
fui longe com sede enganosa
insaciáveis meus instintos
hoje imerso em calmaria
vencidas as tempestades
mas sem os sonhos antigos
de cuja força eu vivia

* * *

A desconfiança por ofício, eis minha sina. Depois da morte do Oscar, depois da sensação amarga de uma traição da minha confiança, mesmo que infundada, não consigo fechar os olhos e adormecer com a mente entre nuvens brancas e de movimentos brandos. Há sempre o desconforto de imaginar uma deslealdade possível. Farpa encravada nos interstícios do pensamento que não se deixa remover. Não há com quem compartilhar o peso de tal sensação, por isso, calo e curto minha solidão como destino irremediável. A meu lado a Etelvina ressona tranquilamente na crença provável de que seu marido está em paz, com a consciência de estar no caminho certo. Dessas almas todas por que sou responsável, quantas delas vão voltar para algum presídio? E das que não voltarem, quantas vão estar mutiladas para o resto de seus dias? De todas elas, quantas se realizarão como pessoas e não apenas como fragmentos infelizes de um tecido social do qual será impossível libertar-se? Uma brisa brinca no telhado e meus olhos abertos podem imaginá-la cabriolando sem medo de despencar-se para o chão. Fecho os olhos na esperança de que o sono me alcance. Nem assim consigo deixar de ver com toda a clareza aquela cabeça quase inteiramente enterrada no barro. Na autópsia descobriram dois tiros no peito. A bicicleta sumiu. Vingança, queima de arquivo, roubo da bicicleta, enfim, por que um homem a sete meses de zarpar em busca de novos mares tem um fim tão sem sentido? Cheguei a maldizer o Oscar por ter traído minha confiança, cometendo uma injustiça contra um homem que tinha sonhos, que falava deles ao lado da família, que tinha apetite de vida.

*

Às vezes ouço vozes, conversas que passam pela calçada na frente da loja sem que se transformem em palavras, apenas vozes que madrugam. Às vezes, cansada da cama, me levanto e vou até a cozinha acendendo as luzes, dando vida a uma casa em que paredes, móveis, quase tudo em mórbida quietação me sugere um túmulo onde me remexo inconformada. Tomo água, sento-me à mesa e fico olhando minhas mãos, que já foram jovens, fortes, de pele retesa e bela cor, sem estas manchas que me anunciam prematura a passagem do tempo. Volto ao corredor e paro indecisa, mas resistindo à ideia de voltar para a cama. Desço os três degraus até a loja e ilumino tudo à espera de que algo aconteça, de que meu filho apareça, porque acredito em milagre, porque espero um milagre, que, se não acontecer, feneço aqui sem testemunha, com a boca fechada, com os dentes mordendo-se, ouvindo minha respiração para me convencer de que ouço. Ah, Bernardo, Bernardo, como foi que me descuidei de ti? Volto à cozinha com o coração me batucando dentro do peito porque estou certa de que vou encontrá-lo sentado à mesa esperando o cafezinho. Chego a vê-lo, com os dois braços estendidos sobre a mesa, o rosto virado para mim, o sorriso sedutor que herdou do pai tentando me conquistar. Abro a torneira da pia e a água que desce carrega para o ralo a imagem que me comoveu. Vou apagando as luzes e volto para o quarto. Minha cama, o criado-mudo, ao lado o guarda-roupa. Nada mudou no tempo em que andei pela casa fugindo de mim, em busca de meu filho. As vozes que ouvi, quando passavam pela calçada, há muito tempo que sumiram na madrugada, para longe, mas pelo menos tinham quem as ouvisse, com quem compartilhar o resto de noite.

*

Durante o dia, o medo que sinto é menos medo, menos medonho. Estou sempre atento e pronto para aparar algum golpe contra mim. À noite, à noite, sim, o medo se torna tenebroso, pois não sei de que lado pode vir o ataque. Além disso, às vezes acordo assustado, pois pretendia não dormir. Somos doze nesta cela, estou, porém, sozinho. Pouco sei dos onze companheiros, e o que sei pode ser algum disfarce. O velho do térreo, esse não me infunde muito receio. É fraco e me parece doente. Tento evitar qualquer contato com ele, pois não se sabe se contagiosa. Dois dos meninos, logo abaixo de mim, anunciam com certo orgulho serem traficantes em recesso. Pelo vocabulário, pela pele, até pelo modo de soltar suas risadas, aposto que originários de famílias bem situadas. Falam corretamente, o que os mantém em suspeição dos companheiros de cela. O velho agora tosse, e o sujeito caladão e mal-encarado do terceiro andar do lado de lá resmunga, faz barulho virando-se no seu colchão e o silencio volta a ser pura escuridão. Você é um porco, foi a frase com que Arlindo comentou a vanglória do irmão. Eu queria casar com ela. Chegou atrasado, disse Marcelo com a voz envolta numa risada. Meu colchão é muito fino e minhas costelas doem. Somos doze aqui dentro e eu estou sozinho. E minha mãe, não precisa mais ficar esperando minha volta da rua à noite? Parece que há mais alguém acordado além de mim. Ouço o ruído seco de um pigarro sendo expulso. Por quê? Acordado com alguma intenção? Não, não posso dormir. Pai, pra ser sincero, sinto que nunca tive. Minha mãe era minha família, uma família suficiente. Mas pai, a única vez em que o procurei, não atendeu a meu pedido. Na hora, pensei: volto à orfandade de onde não deveria tentar sair. E agora perco toda minha família, como perco os companheiros, amigos, como já tinha perdido a namorada, mas que merda, só perco nesta vida! Tenho de recolher meus pensamentos porque já sinto lágrimas rolando e se me paro a chorar aqui dentro, vai ser o inferno.

*

Difícil o diálogo entre nós dois, quase impossível, nossos horários discrepam, os interesses colidem. Agora ela está lá na cama, sono profundo que posso adivinhar em sua respiração, e eu aqui, no alpendre fumando vendo o tempo passar. Me dói a consciência do meu fracasso, mas quando tentei falar sobre isso com a Jussara, necessitado de compartilhamento, ela disse, Mas o que mais você quer, não te chega o ponto aonde chegou? Calo. Porta aberta de um pequeno escritório na cidade, isso foi a que cheguei. Semana passada recebi uma cabra prenhe em pagamento de uns servicinhos. Todos na cidade sabem que sou dono de sítio. Mas nem dono sou. O sítio será da Jussara e sua irmã quando a mãe delas desistir deste mundo. De vez em quando um dos cachorros rosna e não sei se é sonho ou briga com as pulgas. Estão os três aqui na frente da casa. Lá embaixo do angico parece mover-se algo, mas eles não dão sinal de haver percebido. Os cães. Uma sombra que se mexe. O luar perfura a copa da árvore e vem plantar manchas de claridade no chão. É provável que o movimento dos galhos seja o responsável pela minha impressão de que algo se move na sombra do angico. Passa voando entre a casa e o angico um pássaro muito grande. Ainda não sei seu nome. Vivo num mundo estranho, do qual sei muito pouco, e do qual não faço questão de aprender mais do que sei. Uma vaca acaba de mugir. Por que ela faz isso? Elas não dormem? A angústia de não ter um futuro por que lutar, um projeto, planos com objetivos a atingir, meu Deus, isso me faz sentir mais pesada ainda a solidão. Agora algumas nuvens em movimento escondem a lua e a devolvem ao céu, escondem e novamente revelam. Já deve ser tarde, não sei que horas são, mas também não tenho vontade de entrar para consultar o relógio. Quando chegar o sono, eu entro para dormir.

* * *

O que mais me cansa nessas noites vazias é ficar tentando ouvir o que meu filho pensa...

★

... o que mais me cansa nessas noites longas é tentar ver as palavras que se perderam de nossas bocas e não mais trocamos...

★

... o que mais me cansa nessas noites tenebrosas é desenhar com detalhes o remorso pelos sofrimentos que causei à minha mãe...

★

... o que mais me cansa nessas noites brancas é o peso do futuro em que alguns dos meus detentos voltarão a uma jaula imunda.

★ ★ ★

É constrangedor, muito constrangedor ficar ouvindo as coisas que eles dizem apenas quando consigo ouvir por causa dos caminhões passando sem parar pela frente do fórum as vidraças vibrando por trás nas cortinas que dançam, mas se fecharem as janelas ninguém sobrevive nesta sala apertada. Muito constrangedor. Prefiro manter a cabeça baixa com os olhos parados, cravados no tampo da mesa onde as mãos do advogado se mexem como se ele regesse a dança das cortinas flap-flap um me botou nas estrelas agora aquele sujeito do lado, terno fino, gravata azul, cabelo bem aparado e repartido do lado esquerdo, aquela risca clara, ele muito elegante por causa do bigode fino, me bota no pior dos infernos.

A risada de deboche de Marcelo foi interrompida com um murro de Arlindo. O irmão mais novo, que não esperava tal reação, tombou de corpo inteiro por cima de um monte de pedaços de pau. Minha mãe deve sofrer muito com o que passa, vi no corredor seu olhar triste. E ele pega uma pasta gorda e fala nos autos e coisas assim. Ela não estava sozinha, pendurada no sorriso que se esforçava por ser de esperança, me pareceu que aquela vizinha, a dona Alzira, estava sentada no mesmo banco a seu lado. As duas me olharam, quando passei, e me cumprimentaram mais com os olhos do que com a boca, as palavras. Dizer o quê? Mas esta audiência não vai mais ter fim? As testemunhas já foram dispensadas, meus colegas de faculdade, minha antiga professora de flauta, eu morto de vergonha, mas que fazer? Foi quem minha mãe conseguiu para testemunhar a meu favor, uma coisa quase impossível. Aquela droga no colchão, que asno que sou. Lugar mais do que manjado. Agora pelo menos a aragem afastou as cortinas e chegou até aqui.

★

Mas agora aí vêm eles, a porta larga, e seguro o coração com os punhos fechados, os dois, ele me olha pálido, meu filho, acho que duas lágrimas, e tenho muita vontade de desmaiar, não viver esta cena, me olha e parece com vontade de dizer alguma coisa, sem, no entanto, conseguir, e segue entre dois guardas com seus revólveres dependurados da cintura, como se, coitado do Bernardo, que nunca matou uma mosca, ele, entre os dois, como se um bandido perigoso e passam e passando ele ainda se despede, mas então, Bernardo, como é que foi, o que te fizeram, meu menino? E agora começa a descer as escadas, sempre entre dois guardas, como se um bandido perigoso, pode ter errado, sei que ele errou, mas não é um bandido perigoso, ouviu Alzira, meu filho não é um bandido, e não consigo mais me conter e me jogo no ombro da Alzira e deixo que o choro irrompa ruidoso e molhado, eu queria mesmo era desmaiar e não ver nada do que está acontecendo. Ele sumiu na escadaria, meu menino. Aí vem agora o advogado dele e senta a meu lado. Fico entre um advogado e uma vizinha, que agora é uma amiga. Ele, o advogado, conta como foi e conclui que a pena foi branda, principalmente por causa dos antecedentes, sabe, dona Geórgia, pegou três anos, dos quais já cumpriu seis meses no Centro Provisório. Que vai me providenciar endereço, dias de visitas, objetos que devo levar para ele, essas coisas. Este corredor não é muito limpo e parece impregnado da morrinha dos muitos suores das pessoas que deixam a pele por aqui. Olho ansiosa para o advogado que me fez parar de chorar com palavras de uma suavidade que me encheu o peito e dissolveu o nó da minha garganta. Olho ansiosa à espera de que ele nos convide a descer. O que tinha de dizer já disse e o que falta, aquelas informações, vai dizer depois. O inferno não deve ser muito pior do que tudo isto aqui.

*

Droga, cheguei atrasado, e isso por culpa do ciúme da Jussara. Ela não pode me ouvir falar da outra família, a anterior, que suas unhas se transformam em garras e seus olhos em holofotes. Se vai, vai, ela me disse na saída, mas na volta vai encontrar a casa fechada. Quis dizer que eu não poderia mais entrar lá? Histérica, essa mulher. Um ciúme doentio. Ali o Alexandre atravessando o jardim. Já me viu e ergueu o braço. Paro no portão e espero. Ele vem sorrindo, o que me acalenta. Minto que tive de trocar um pneu na estrada, para não ter de contar a verdade. Mas então, como é que ficamos? Ele primeiro me dá um abraço, o Alexandre, e sinto que seu peito está quente. Seu menino pegou três anos, o que considero uma vitória, coisa com que concordo, mesmo antes de saber que a promotoria pedia oito anos. Quem? Aquele crápula? Mas é claro, ele descobriu que o rapaz é meu filho, pode ter certeza. No tempo do cartório do fórum, me propôs algumas fraudes com que não concordei e ele insistiu tanto que acabei ameaçando denunciá-lo para a Diretora. Se você acha que seria bom pedir a transferência do processo para outra comarca, inventando uma alegação convincente. O Alê acha que não, porque o caso está encerrado e o Bernardo teve muito bom comportamento, agora o que seria de bom alvitre, isso sim, seria requerer a transferência dele para um Centro de Ressocialização. Um ambiente muito melhor, Afonso, com possibilidade de trabalhar, de se sentir de alguma forma útil. Paramos à sombra de uma quaresmeira, porque nossos carros estão em direções opostas. Ele aceita minha oferta e diz que se houver despesas me avisa. Aqui mesmo nos despedimos e fico sem saber o que fazer de meu corpo, dentro de um carro escaldante. Acho que só volto amanhã de manhã, porque, se chegar ao sítio à noite, aquela doida é bem capaz de me deixar dormindo no galpão com os ratos. Poderia fazer uma visita à Geórgia, mas não estou com espírito para ouvir choradeira. Ali por perto da rodoviária sempre tem uns hoteizinhos baratos. Então vamos lá.

★

Impressionante como é forte a impressão de já ter visto esta pessoa sentada aqui na minha frente, mas os olhos são assim: muitas vezes selecionam alguns traços para desenhar uma outra forma arquivada no cérebro. Bem, mas preciso prestar atenção na sua história de vida, que, apesar de misturada com muita ficção, geralmente, sempre traz alguma verdade. Já me acostumei a distinguir o que confessam para me predispor favoravelmente a eles, daquilo que é sua verdadeira feição. Aprendi a descobrir o que está por debaixo das máscaras. Alguns exaltam suas virtudes e minimizam seus vícios, tentando com isso conquistar minha simpatia. Outros, no entanto, se fazem de coitados e arrependidos, lamentando-se de ter vivido no vício, ter trilhado caminhos tortuosos, lastimando-se pela ausência de qualquer virtude. Claro, nem todos são assim. Este rapaz aqui, o Bernardo, não me parece estar inventando nada. Que influenciado por amigos começou a consumir drogas até o dia em que foi descoberto pela mãe, que lhe cortou a mesada. Desesperado, ofereceu-se para traficar, no que se deu bem, mas foi ameaçado de perder a boca no caso de não abandonar o consumo. Foi muito difícil, segundo ele, quase enlouqueceu, mas o medo de virar presunto e o desejo de continuar colhendo os resultados financeiros que conseguia ajudaram muito a abandonar o vício. Que procurou ficar de fora da guerra entre as duas gangues principais da cidade, mas que, pertencendo a uma delas, temia muito ser encontrado por algum dos detentos do lado inimigo. Tranquilizo o rapaz, que em nosso CR não entrou ninguém de sua região, mas que, em todos os casos, vou ficar atento ao assunto. Faço algumas perguntas sobre habilidades, me conta que é músico, falo em marcenaria, pintura, mecânica, e ele promete que vai primeiro observar nossas oficinas e escolher uma delas para trabalhar. Não quer ficar parado. Chamo o Medeiros, que deverá levá-lo à cela 18, onde tenho duas camas vagas. Ele se despede muito educado, como pessoa de boa família. Me chamou de senhor diretor. Talvez seja.

* * *

Aquele era meu filho passando e que, de vergonha, esmagava os olhos contra a cerâmica encardida do corredor.

★

Aquela era minha mãe, destruída pelo ácido que lhe joguei no rosto, mesmo assim a meu lado tentando agasalhar o filho extraviado.

★

Aquela era uma fisionomia existente em minha memória, ou a reprodução de alguém cujo caminho, não sei quando, tangenciou com o meu.

★

Aquele era meu colega de faculdade a quem já prestei favores que me são agora retribuídos, pois tudo nesta vida são trocas de equivalentes.

★ ★ ★

No meio da estrada o curiango se ergue nas pernas finas que o arremessam de asas abertas para o alto. Ele ainda é uma sombra num fundo de sombras. Só quando penetra no azul vítreo do céu é que surge como fenômeno. Seu corpo desenha um arco e volta a mergulhar no horizonte feito de trevas. Lá na frente, outra vez no leito da estrada, emite seu canto estrídulo. A quem chama, que aviso podem conter essas notas agudas? Em seguida uma nuvem lenta e silenciosa, tão silenciosa quanto o voo do pássaro, começa a esconder a lua, que ainda espia por suas franjas, tenta algum contato desconhecido e some de vez. Nada se vê e o que se ouve é tão-somente o chiado do vento em hirsutos galhos das árvores que margeiam a estrada. O destino está além, muito além, e está encoberto pelas trevas, mas é necessário que se vá em frente. Mais uma vez o curiango sacode as nuvens com o guincho cujo eco volta orvalhado das montanhas distantes e a lua, primeiro, mostra-se totalmente nua, seguida pela cintilação tremeluzente das estrelas que perfuram a capa do céu. Aonde vais, curiango, qual teu destino? Qual o código do teu canto estridente? Teu voo silencioso e solitário acompanha viajantes noturnos e é certo que está comunicando, mas seu conteúdo, o teor de sua mensagem permanece impenetrável. Agora a estrada se torna arenosa e pesada, e suas margens se despovoam de árvores, abrindo-se o panorama para largos campos que, à luz da lua, parecem um mar sem ondas, em repouso porque é noite, sem nada ouvir ou dizer. O horizonte se distancia a ponto de tornar-se apenas uma possibilidade. A brisa percorre o descampado em movimentos irregulares, mas já não tem mais voz, e apenas a pele pode saber que ela existe. Apesar de tudo, é preciso avançar.

* * *

Agora a estrada se torna arenosa e pesada ... Ele me empurra para um canto do pátio, onde uma nesga de sol queima o saibro. O Tadeu foi quem primeiro se aproximou de mim. O Tadeu. Somos mais ou menos da mesma idade, mas nossa origem social é muito diferente. Digo a ele que espero a visita da minha mãe no próximo domingo e, pelo que me conta, não tem ninguém por ele no mundo. Que os restos de família ainda existentes, ele os enxotou para longe, para o nada, pois não quer mais ter o menor vínculo com um povo que até hoje só lhe fez o mal. Ele fala com muita liberdade dele mesmo, e me parece que encontrou em mim o ouvinte de que tinha necessidade. Eu sou bom ouvinte, me interesso, não interrompo, sacudo a cabeça em concordância, pronuncio algumas sílabas para demonstrar que estou ouvindo, acho que é por isso que tanta gente vem me contar sua vida. A cela onde estamos tem duas séries de beliches de seis andares. Nós dois, por sermos jovens, estamos no quinto andar. Mas só vamos lá em cima para dormir. No beliche fica muito difícil conversar. Todo mundo ouvindo. Por isso aproveitamos este recreio no sol. Ele me conta que o CR tem uma biblioteca e fico ansioso por conhecer. Preciso começar a ler. Faz muito tempo que troquei os livros pela droga. Preciso resolver isso na minha cabeça, na minha vida, preciso recuperar um tempo que joguei fora. Levantou-se, o Marcelo, já com um daqueles pedaços de pau na mão. Ele esperava que Arlindo desistisse de atacá-lo novamente, mas Arlindo atirou-se outra vez contra ele, que se defendeu com uma paulada na cabeça do irmão. Esse Tadeu, agora no sol, parece que se sente feliz. Que aqui dentro, ele diz, nem tudo é assim tão ruim. Que a comida, por exemplo, é feita aqui mesmo, na cozinha do CR e os cozinheiros são detentos como nós, mas muito competentes. Os carcereiros são orientados pelo Diretor para não maltratarem os detentos. Mas ficar como um animal enjaulado, sem liberdade de movimento, eu pondero, não pode ser assim tão agradável. Retruca que não, agradável não é, mas que você, lá fora, ele acrescenta depois de uma pausa, pode não ser tão livre quanto pensa. Acho que está escorregando para a filosofia sem formação suficiente para uma argumentação desse tipo. Faz nova pausa e traz um exemplo daqui mesmo, do CR. Que aquele sujeito com cara de tuberculoso da nossa cela, contou que lá fora apanhava papel à noite e que ganhava apenas o necessário para uma refeição por dia. E dormia debaixo de um viaduto sobre um papelão estendido no cimento. O assunto começa a me aborrecer, pois o Tadeu parece pensar que a jaula é melhor do que a campina aberta. Digo isso a ele, que retruca não ser bem assim, que não estou entendendo direito o que ele quer dizer. O Tadeu é franzino, anda sempre com o cabelo despenteado, mas é muito ágil. Ele dá cinco passos para trás, pega um impulso e sobe correndo uns quatro, cinco metros da parede do pavilhão. Aparecem outros detentos querendo competir. Alguns conseguem dar uns três, quatro passos na parede e caem de pé. Os ladrões, ou ex-ladrões, aqui, constituem a casta dos ligeirinhos. Um deles, um meio gordo, não consegue completar o movimento e cai de costas na laje. O círculo todo cai na gargalhada, mas para ao perceber que ele está machucado e é levado por alguns companheiros talvez para a enfermaria.

★

... e suas margens se despovoam de árvores... Não, mas assim é impossível nossa convivência, Jussara, você, desta maneira, me torna um animal do seu chiqueiro. Eu fui ver a situação de um filho meu, um filho que não ajudei a criar, não participei de sua educação, não arquei com as despesas de suas doenças, nunca fiz coisa alguma por ele, e agora tento me redimir, pelo menos em parte, prestando socorro porque ele precisa. Ela responde que se nunca me interessei pela situação da ex-mulher e seu filho, que não tem por que me interessar agora, que ela não vai tolerar essas visitas que faço à minha antiga família. E ela grita que não vai tolerar, e repete isso com as mãos crispadas, com as unhas sujas prontas a me arranhar o rosto. Depois que viemos para o sítio, a Jussara sofreu uma transformação tão grande que é quase impossível ver nela minha antiga empregada. Mudança no comportamento, nas atitudes em geral, mas mudança também física. Está com os músculos rijos, inclusive os músculos da face, suas mãos estão ásperas e duras, seus olhos perderam o brilho juvenil com o qual a conheci. E agora, aqui nesta sala, que ela repete várias vezes ser a sala de sua casa, da minha casa, entende?, convencida de que sou um sanguessuga inútil. Que não boto a mão em nada do sítio. Você não bota a mão em nada do sítio, você se recusa a me ajudar, Afonso, essa que é a verdade. Ela diz que carrega nas costas toda a lide da propriedade, que até um diarista já teve de contratar. Ela vai para a cozinha e continua falando, ela se esvai de tanta fala, então volta com dois cafezinhos, como costuma fazer, e recuso sua oferta, com o que ela fica um pouco assustada e dá um pouco de descanso aos meus ouvidos. Por fim, dou a martelada final: o melhor que fazemos é cada um para seu lado. Ela está sentada do outro lado da mesa e por algum tempo fica olhando as mãos em que percebo um tremor muito leve. Então me encara com dificuldade para falar, a voz embargada, a garganta com um nó, como imagino, e diz: Pois então tem de ser hoje mesmo. Me pega de surpresa, mas não a ponto de pedir arreglo. Não está muito difícil, pois aqui é tudo dela, da família. O problema é que a cidade só tem um hotel, mas é para lá que me atiro. E não vou abandonar meu escritório, justo agora que já vou conquistando uma clientela que pode me garantir a sobrevivência. Uma casinha qualquer, depois procuro para alugar. Quanto menor, melhor. E eis-me novamente um homem solteiro. Solitário.

⋆

... abrindo-se o panorama para largos campos que, à luz da lua, parecem um mar sem ondas... Não gosto de dirigir à luz de faróis, porque é preciso ver a uma boa distância para que se tenha tempo de uma manobra necessária qualquer, principalmente numa estrada estreita com suas torturas, uma atrás da outra, como foi a primeira metade do caminho. Este cansaço dos braços, o princípio de cãibra na perna direita e a vista embaralhada, tudo isso, afinal, valeu a pena. Fiquei com meu filho até o último minuto, depois entrei no carro e não saí do estacionamento antes de chegar a noite. Queria estar ali, perto dele, respirando o ar que ele respira, ouvindo os suspiros daqueles prédios cercados de muros, as vozes que chegavam carregadas pela brisa, quem sabe alguns daqueles sons não seriam do Bernardo? Ouvi o toque da campainha chamando para o jantar, ouvi o toque de recolherem-se nas celas, por fim, parece que tudo adormeceu, porque ouvia somente o chiar do vento na sibipiruna debaixo da qual estava estacionado meu carro. Me comoveu a alegria do Bernardo na hora que entreguei a ele o estojo com sua flauta. Disse que estava com muita saudade dos tempos em que ficava no quarto fechado estudando ou tocando alguma música. E bem me lembro de quando começou a relaxar o instrumento: ainda não sabia, mas agora sei que era o início de seu envolvimento com a droga. O Diretor pediu que ele tocasse alguma coisa e o Bernardo fez um pouco de charme, que há muito não tocava, mas com a insistência de colegas por perto, acabou tocando um minueto do Bach e os companheiros com seus familiares foram formando roda em nossa volta. Sei que deu duas, três engasgadas, mas só percebeu quem já ouviu centenas de vezes a peça, como eu. Quando, sob aplausos, ele terminou, um dos detentos perguntou se ele sabia tocar o Tico-tico no fubá. Entusiasmado com os aplausos, ele, que sempre foi muito tímido, fez uma pausa olhando para o alto e dando a impressão de que nas nuvens procurava as notas. De repente, sem comentar o pedido, fez o tico-tico voar por cima daquele povo que ouvia com religiosa reverência. Eu chorava desde o momento em que ouvira meu filho sendo aplaudido, pois tinha perdido por momentos a esperança de vê-lo envolto pela admiração dos outros. Ah, que orgulho senti naqueles instantes. O que ainda estava para acontecer, contudo, me levou às alturas da exaltação. A gritaria, os risos, os abraços, a desordem que se seguiu ao final da peça me arrebentou o coração. Ao terminar o horário das visitas, eu podia querer sair de lá, deixando de curtir até a última gota da alegria que senti lá dentro daqueles muros? Não, não podia. Eu estava estátua repleta de prazer e de tristeza. Enfim, aqui estou. Agora me toca acordar esta casa numa hora inusual. Acender um a um seus cômodos, esquentar alguma coisa do almoço de ontem, e ficar à espera do sono, que, hoje, não acredito que chegue logo.

*

... em repouso porque é noite, sem nada ouvir ou dizer. Quando a mulher me perguntou se podia entregar ao filho a flauta-transversa que tinha trazido, fiquei em dúvida porque vinha dentro de um estojo, então chamei o Medeiros e pedi que examinasse o estojo e a flauta, porque são normas, e realmente uma necessidade. Dentro de um instrumento pode vir um milhão de coisas. Você lembra aquela história do santo do pau oco? Pois então. Depois que o Medeiros voltou e deu seu ok, que estava tudo limpo, fiz meu discurso para aquela mãe, que o nosso escopo, sim, escopo, por quê? Ora, Ademar, mas isso é palavra que se use para conversar com a mãe de um prisioneiro? Bem, Etelvina, é que tanto mãe quanto filho me pareceram pessoas de certo nível cultural. E você quis se exibir com escopo, não é? Bem, não vem ao caso. Mas que nosso objetivo no CR é criar nos detentos que nos são confiados o desejo de voltar a viver com a família, os amigos, ter uma vida normal. Sim, sim, eu sei que a vida nunca é normal, e o que é normal senão ser domesticado? Mas esse é o questionamento que sempre me faço, criatura. Sei muito bem o que é isso. Mas alguns não aceitam a coleira e vão ter uma vida produtiva, feliz, sem se deixar castrar. Esse é meu desafio pessoal. Trato todos pelo nome, com respeito, tentando mostrar a eles que são seres humanos e que se pode viver com alguma razoabilidade sem romper com alguns limites sociais. Entende? Pois olha, no pátio, os detentos quase todos com algum familiar, os outros na fila para as cabines de encontro amoroso, eu pedi ao rapaz que tocasse alguma coisa. Foi emocionante. Primeiro tocou uma peça de Bach e foi aplaudido com muito respeito, então um dos detentos, não vi bem qual foi, perguntou se ele sabia tocar o Tico-tico no fubá, você conhece, não é?, e ele ficou olhando pra cima, como se lesse no céu a partitura, então, de repente começou aquele saltitado da música. No fim, até temi que aquilo se transformasse em barulho incontrolável. Os gritos e risadas, as palmas, todos querendo abraçar o rapaz, porque para eles, Etelvina, momentos de alegria são momentos de liberdade. Esquecem que o muro é o limite de seus espaços e sentem-se vivos novamente. Assim também com os livros. Isso quem me confessou foi um dos detentos, um que a toda hora é encontrado na biblioteca. Aqui, ele me disse um dia, aqui eu sou livre e posso viajar o mundo todo. Aquela mulher, a mãe do flautista, chorou o tempo todo, emocionada com o que via. Com sono? Então apague a luz da sua cabeceira. A minha, não, a minha já está apagada. Eu saí de lá, de volta pra casa, e o carro da mulher continuava no estacionamento. Parei perto e perguntei se precisava de alguma coisa, tanto tempo ali parada. Me disse que não, que estava curtindo o lugar, só isso. Bem, então, boa-noite.

* * *

Aqui, ele me disse um dia, aqui eu sou livre e posso viajar o mundo todo.

★

Queria estar ali, perto dele, respirando o ar que ele respira, ouvindo os suspiros daqueles prédios cercados de muros, as vozes que chegavam carregadas pela brisa, quem sabe alguns daqueles sons não seriam do Bernardo?

★

Eu fui ver a situação de um filho meu, um filho que não ajudei a criar, não participei de sua educação, não arquei com as despesas de suas doenças, nunca fiz coisa alguma por ele, e agora tento me redimir, pelo menos em parte, prestando socorro porque ele precisa.

★

Mas ficar como um animal enjaulado, sem liberdade de movimento, eu pondero, não pode ser assim tão agradável. Retruca que não, agradável não é, mas que você, lá fora, ele acrescenta depois de uma pausa, pode não ser tão livre quanto pensa.

★ ★ ★

Dois anos e meio é muito tempo, ele me diz, é metade da vida. Não vale a pena. Lá na cela, no meio dos companheiros em quem aprendi a confiar, perguntei por que aquele rapaz da cela 18 chora com tanta frequência. Não foi o Tadeu que explicou, porque também é um tanto novato neste hotel, como apelidamos o CR. Foi o Rogério, que está aqui há mais tempo e já foi companheiro de cela do cara. Conhece toda a história. Que o Marcelo e o irmão dele eram amigos de fazer tudo juntos, sempre juntos, às vezes até namoravam a mesma garota para poderem ficar juntos. Eram a alegria dos pais, que só tinham aqueles dois filhos. A região toda comentava aquela amizade como poucas vezes se vê. Um dia o irmão do Marcelo não gostou de saber que ele tinha transado com a garota, com quem pretendia casar. Isso gerou um início de discussão como nunca tinham discutido na vida. Eles não tinham experiência em brigas de boca e se enfureceram a ponto de se atracarem. O Marcelo levou um bofetão que jogou ele no chão. Quando se levantou, trazia na mão um pedaço de pau, um porrete, uma coisa assim, e com o porrete atacou a cabeça do irmão, que rachou. Ele chora todos os dias mais ou menos na hora da briga, a única briga de sua vida. Impressionado ainda com a história do Marcelo, saímos para o pátio e o Tadeu me levou para nosso canto, longe dos ouvidos que circulavam entre os grupos. Então diz que dois anos e meio é metade de uma vida, muito tempo e me conta que já é o peixinho do Diretor, e que tem sua confiança. Não estou entendendo muito bem este papo do Tadeu, mas parece apenas gabolice dele. Me pergunta cochichando se pode confiar em mim. Claro, respondo, pode confiar. Que já tem um plano de fuga e que podemos sair juntos desta jaula imunda. Sinto frio na barriga. Acho que meu rosto descora por causa do medo de só pensar no assunto.

Argumento que é uma besteira muito grande, que ele não vai mais ter sossego na vida e que eu quero voltar a viver com minha mãe. Ele me segura o braço com uns dedos que me agarram machucando. Me faz jurar que nunca ouvi nada do assunto, me larga naquele canto e some no meio dos outros detentos que, aos grupos, passeiam pelo pátio.

* * *

Esse rapaz, Medeiros, o Tadeu, de olho nele, entendido? Ele entrou aqui muito rebelde e em pouco tempo virou um puxa-saco. Onde me vê vem conversar comigo, está sempre pronto a prestar algum favor, trabalha mais do que os outros, faz alguns elogios disparatados ao modo como conduzo a instituição. Sabe, isso não me parece uma coisa normal. Ninguém nesta casa nunca foi tão dócil, obediente, prestativo, inclusive ao ponto de me contar intrigas de seus companheiros. Você não concorda que é um comportamento exageradamente anormal? Pois então. Sem chamar atenção, sem que ele suspeite, deixe sempre alguém vigiando o Tadeu. Eu estou dando corda frouxa a ele, dando a impressão de que tem minha inteira confiança. Agora ele está na cozinha, como auxiliar de cozinheiro. Lava louça, descasca batata, essas coisas que você sabe. Ele que me pediu, e como é de minha inteira confiança, entende?, autorizei sua transferência da marcenaria.

Você não acha que ele tem algum plano em mente? Pois é, de olho no Tadeu, mas sem que ele desconfie.

* * *

Céu e inferno são contíguos, e não é sempre muito clara a linha que os separa.

* * *

Do corredor da nossa ala, ouvimos a correria dos carcereiros, as ordens em altos brados, o barulho metálico de portões que se fechavam e o anúncio de que deveríamos voltar imediatamente para nossas celas. Que então foram trancafiadas. O Tadeu não estava entre nós. Vários toques de sirene acabaram com o ambiente tranquilo em que transcorria a manhã. O Tadeu, pensei. Depois de me contar seu plano, passei a noite quase toda sem dormir. Meu dever de cidadão seria denunciá-lo. Sem isso, estaria sendo conivente com seu passo errado. Mas não só, eu pensava, mesmo para o bem do meu amigo. Fugindo da prisão, nunca mais na vida teria descanso, nunca mais poderia voltar aos ambientes onde vivera, nunca mais poderia apresentar seus documentos em lugar nenhum. Ele estaria entrando pela porta incandescente do inferno, provavelmente sem possibilidade de retorno. Então me virava para o lado e pensava que havia uma questão de lealdade em jogo.

Como denunciar um amigo que tinha confiado em mim? Seria uma atitude acanalhada, a minha. E a noite passava sem que eu me decidisse por uma atitude que me satisfizesse. A lei, ou meu amigo. Aparentemente a lei seria mais importante, era o que me dizia a razão. Mas a ideia de uma traição da confiança me causava náuseas. Como dormir? À tarde, entre boatos e relatos corretos, ficamos mais ou menos informados do que tinha acontecido. A van que traz duas vezes por semana os gêneros com que são preparadas nossas refeições saía como sempre, mas chegou ao portão que não se abriu. Dois guardas abriram a porta e pularam para dentro do veículo. Debaixo de uma pilha de sacos e balaios encontraram o Tadeu. No meio do pátio, de repente, o choque, a pancada na cabeça. Sou o único sabedor de seu plano, logo, na cabeça dele, quem poderia ser o denunciante? Peço para um dos carcereiros que guardava a porta para falar ao Diretor. E agora estou aqui em sua sala. Bom, ele diz, eu poderia enquadrá-lo por cumplicidade na tentativa de fuga. Não acha que poderia? Mas vou fingir não ter ouvido sua confissão. Você me parece um jovem de caráter. Vou fingir não ter ouvido isso. Mas e o perigo que corro, Doutor? Ele sorri e me diz que fique sossegado. Com a tentativa de fuga, ele não tem mais direito de permanecer no CR e deve ser levado para longe daqui. Que posso dormir tranquilo.

*

Ontem, era por volta das nove horas, me entra no escritório a Josiane puxando o Lúcio pela mão, que uma febre, e que eu, como pai, aquela coisa toda. As costas da minha mão na testa dele e até fiquei meio assustado. Mais assustada do que eu devia estar, estava a Josiane porque jorrou de sua boca um palavrório de que era difícil entender alguma coisa, só me lembro de aflita, como pai, quem sabe um médico. Nunca tinha chegado tão perto da minha cunhada, nem tinha tido a oportunidade de observá-la fixamente sem necessidade de disfarce. Quanta diferença entre as duas irmãs! Avisei minha secretária que estava de saída, mas que não ia demorar. Botei os dois no carro e ela me indicou o caminho para um médico muito conhecido no lugar. Me senti exultante ao me encontrar ali como pai, fazendo alguma coisa por meu filho, e, melhor ainda, ao lado de uma mulher bonita no papel de mãe. Até um pouco de tontura quando meus olhos encontraram os seus fixos em mim. Garganta inflamada, diagnosticou o médico. Nada de gelado e um anti-inflamatório. Amanhã já vai estar bom, disse o médico. É coisa simples. Não, hoje não, ele recomendou, melhor ficar em repouso, mas amanhã provavelmente já esteja em condições de voltar à escola. Ouvi tudo muito paterno, mas o melhor da minha atenção estava na tia e não em seu sobrinho. Sabe o Pedro, ela me disse, amanhã viaja e fica dois dias fora de casa. Ao dizer aquilo, meus músculos se repuxaram, perdi o controle dos braços e quase abalroei outro carro. Depois da farmácia, levamos o Lúcio para seu dia de repouso. Na saída, o convite: tomar café amanhã aí pelas quatro horas. A pé, ela me disse, porque um carro parado na frente de sua casa, entendeu? Propus que o encontro para o café fosse na minha casa, que tem muros altos e ninguém percebe o que acontece lá dentro. E ela aceitou minha proposta.

*

Encharcamos nossos ombros mútuos com lágrimas quentes e abundantes neste abraço em um encontro casual, aqui, no shopping, depois de tanto tempo sem notícias uma da outra. A Cristina fez o Bernardo sofrer muito, com a separação, e tanto que consegui sentir ódio por ela durante muito tempo, até descobrir que ela estava com a razão. Mas estamos dando vexame no meio deste corredor, e a puxo para um canto mais discreto do café ali na frente. Ela molhou meu ombro mais do que molhei o seu. Para justificar a ocupação da mesinha, pedimos ambas um suco e uma torrada. Simetricamente, como simetricamente estamos debruçadas sobre a dor que ele nos tem causado. Esperamos em silêncio nosso pedido, e, quando chega, a Cristina se anima e me confessa, ainda fungando, que sonhava o futuro em companhia do Bernardo. Imaginava um casal de filhos crescendo ao lado de um casal feliz. Sua confissão me provoca uma crise de choro que não controlo. Escondo o rosto, não quero chamar a atenção dos outros fregueses. Ficamos novamente quietas, a Cristina segurando minha mão, muito condolente. Assim a nossa educação, os modos civilizados de convivência, só com esforço reprimo o desejo de perguntar a ela se já assumiu compromisso com algum namorado. Seria uma indelicadeza imperdoável, comportamento grosseiro que tanto combato nos outros. Mas existem táticas para se descobrir o que se quer saber sem a rudeza de uma pergunta direta. Aperto a mão da Cristina, porque agora estou mais calma, e pergunto se estaria disposta a fazer uma visita comigo ao Bernardo. Ela se espanta com minha proposta e se cala, os olhos arregalados, as sobrancelhas erguidas, um ar um tanto apalermado. Por quê?, ela pergunta, pensando provavelmente que estou disposta a promover uma reaproximação. Eu a tranquilizo, que não, querida, não é isso que você pode estar pensando. Apenas como amiga. Ele ficaria muito feliz em revê-la e isso pode ajudar em sua recuperação. Então ela me pede que conte como ele está, o que tem feito, como é tratado, quais suas expectativas. Conto tudo com detalhes, e falar do meu filho, dois anos e meio, um pouco menos, eu digo, falar dele me causa uma alegria muito grande porque com isso eu o arranco da morte e faço dele um ser vivo, alguém de quem posso falar, uma existência.

* * *

Lá vai o rebanho com seu passinho miúdo tangido pelo pastor empunhando seu cajado. O campo é largo e, no horizonte, encosta no céu, mas os corpos fofos e bamboleantes das ovelhas seguem em massa compacta e uma ou outra, se tenta afastar-se do grupo, é reconduzida a seu lugar por cães que as seguem, atentos, e lhes mordem as canelas finas. Lá vai o rebanho e ninguém pergunta para onde. O Sol paira como se não fosse mais sair de onde está. Debaixo dele, o cortejo atravessa o campo. Como as nuvens silenciosas, elas andam sem saber para onde. Algumas pensam que o horizonte é o fim da caminhada, outras, mais céticas, imaginam que a caminhada jamais terá fim. Os balidos ocasionais não interferem no humor do homem com seu cajado. Os cães, somente os cães demonstram alguma irritação, uma irritação inútil, pois nada podem fazer senão uivar e vez por outra latir. E assim segue o rebanho pelo campo largo e que encosta no céu.

★ ★ ★

Releve minha insistência em te botar dentro dos meus assuntos, Etelvina, mas não tenho com quem desabafar. Neste tempo todo, com o destino de seres humanos nas minhas mãos, observando tudo que acontece dia após dia, começo a me sentir angustiado. De todos que estão sob minha guarda, alguns, os mais frágeis, vão sair domesticados, de cabeça baixa, para serem produtores sem saber do quê, ou para quê, com o único objetivo de terem o que comer, e às vezes muito mal. Outros, mais resistentes, saem por pouco tempo e voltam para um confino mais longo ainda. Uns poucos, muito poucos, saem daqui para uma vida plena, com projetos, com os olhos no futuro, em busca de suas realizações como pessoas. Mas a culpa, Ademar, a culpa não é sua. Essa cerveja é que te deprime. Já foram três latinhas, homem, vê se para. Cerveja coisa nenhuma. Se estou falando isso agora, não quer dizer que só agora sinta isso. E eu sei que a culpa é do sistema e não minha. Mas então o sistema precisa mudar. E o que você propõe, Ademar? Nada, Etelvina, não proponho nada e é isso que me tortura. Não estou muito melhor do que aquele Tadeu, que chegou chutando latas depois traçou um plano em que me faria de bobo. Nunca mais tive notícia dele. Sei que o sistema é falho, mas não consigo imaginar o que seria um sistema melhor. Estou pensando seriamente em deixar este cargo. Você está ficando doido, Ademar! É um emprego garantido! Sei que é, mas não me sinto bem aqui. Além do mais, você já perdeu dezessete anos em função pública, vai agora jogar tudo isso fora? Não resisto e solto uma gargalhada. Mas o que é isso? Já te contei a história da minha tia Dora? Pois então se você me liberar mais uma latinha te conto. Certo. Minha tia Dora namorou um sujeito durante oito anos, então os dois resolveram noivar, e a família dela ficou muito feliz, enfim, desencalhava a Dora. Quatro anos depois a Dora continuava noiva quando descobriu que o noivo era um tremendo de um pilantra, contraventor, que até documentos importantes já tinha falsificado. Foi descobrir isso e quis romper o noivado. A mãe dela ficou furiosa. Onde já se viu, você já perdeu doze anos com esse sujeito, vai jogar fora todo esse tempo? A Dora casou e, nas mãos do cafajeste do marido, foi infeliz até a morte. Credo, Ademar, que história mais estúpida.

★ ★ ★

Lá vai o rebanho com seu passinho miúdo...

★

... tangido pelo pastor empunhando seu cajado.

★

O campo é largo e, no horizonte, encosta no céu...

★

... mas os corpos seguem em massa compacta.

Que o marido é um homem bom, mas rude, mão pesada, incapaz de uma carícia, de uma palavra afetuosa, incapaz de um gesto de ternura. Que sempre padeceu em silêncio este vazio, sofreu esta carência, como esposa fiel. Ela fala quase chorando, uma, duas lágrimas retiradas com a ponta dos dedos. E cobre-se com o lençol envergonhada de sua nudez. Até remorso já por ter vindo. E eu acho graça de seus pudores subitâneos, pois sem que ela me propusesse um café em sua casa, depois de declarar que o marido em viagem, e com o sobrinho na escola, eu não teria tido o atrevimento de olhar com concupiscência para minha cunhada. O máximo que tinha ousado foi achar que é uma mulher bonita, mas isso é apenas uma avaliação estética, que não envolve desejo, que não aspira a mais nada além da percepção visual. Peço a Josiane que se acalme, pois nunca nosso relacionamento vai ultrapassar estas quatro paredes. Ela primeiro suspira, penso que aliviada, em seguida se joga por cima de mim, com a língua invadindo minha boca, o corpo ajeitando-se para um segundo embate, agora em uma posição diferente. Apesar de sua conversa comprida, que nunca tivera outro homem, dizer que desde o momento em que me vira pela primeira vez não me tirara mais da cabeça, minha delicadeza, o modo de falar, meus olhos, meu cabelo, enfim que sonhava comigo quase todas as noites e que até gozava sonhando, tudo isso me deixou preparado, e cavalgado, como estou por uma mulher fogosa, me leva ao extremo da excitação e em pouco tempo já estou ejaculando, enquanto ela grita meu nome e me jura amor eterno, a voz rouca, o corpo suado, e se diz morrendo ao se jogar inteira por cima de mim. Depois de uns minutos de corpos lassos estendidos lado a lado sobre a cama, ela diz baixinho que daqui a pouco o Lúcio chegando em casa. Uma ducha nos faz recuperar o controle de nossos sentidos e saímos de carro para deixá-la na mesma esquina onde a apanhei. No caminho, combinamos o próximo encontro, e ela está radiante, mais bela ainda do que o normal. Ao entrar no escritório, comento qualquer coisa sobre o fórum com minha secretária, que não presta muita atenção. O mundo sempre me guardou surpresas. Em dois dias acontece o inimaginável, sem que eu fosse à procura.

★

Uns quinze minutos em volta desta mesinha redonda, a mesma da última visita da minha mãe, praticamente sem assunto, praticando um diálogo idiota, "Então, como é que vai?", "Vai-se vivendo", "Alguma novidade?", "Não, tudo na mesma", coisas assim com um fundo de pigarros que salvavam o ambiente. Foi um susto ver a Cristina entrar no pátio com minha mãe. Eu não sabia onde me enfiar, onde me esconder para que ela não me visse com este uniforme que é um verdadeiro carimbo. Se dava a mão, um beijinho no rosto, se sorria, se abraçava, fazer o quê? Verdadeiro choque no encontro de nossos olhos, com faíscas verdes e azuis, por isso nos desviávamos um do outro, mesmo depois de sentados. Assunto nenhum medrava entre nós, até que a Cristina se disse constrangida com tanta gente olhando para nossa mesa. Aproveitei a deixa e contei a ela que o gordinho, na outra fila lá adiante, tinha uma fábrica de dinheiro. Que viajou o mundo todo, conheceu costumes e línguas, mas não conseguiu parar e um dia foi descoberto. Aquele outro, um magro de bigode conversando com a mulher de longo, na outra fileira, vendia carteiras de motorista. O de cabelo na testa, estão vendo, sozinho no banco ao lado da parede, estão vendo? Chora todos os dias. Ele matou o próprio irmão que adorava numa briga. Minha mãe me pede que pare, porque seu estômago já está embrulhado. Então a Cristina se queixa da recepção aqui. A burocracia, um verdadeiro cadastro, depois o exame, abrindo tudo, mostrando tudo e como fala me sinto embalado por sua voz, aqui perto, uma voz pura melodia, diferente do burburinho que preenche todos os espaços vazios do pátio, e quase durmo com seu acalanto que me ocupa inteiro. Então, sem preparação, ela me pergunta pela faculdade. Agora já me encara, sorriso natural e meu coração estufa meu peito a tal ponto que chega a doer. Explico que a matrícula foi trancada e que pretendo terminar assim que sair daqui. Observo duas lágrimas rolarem pelas faces da minha mãe, indo perder-se na comissura dos lábios que se abrem em sorriso. Ela se levanta e me dá um beijo na testa. Neste momento, chega o Medeiros com meu estojo e um novato, que nem conheço ainda com um violão. Eles trazem uma cadeira para nosso meio e ele me propõe Romaria, do Renato Teixeira. Me pega de surpresa, nem me lembro da melodia, que então ele dedilha no violão, um trechinho apenas. Sacudo a cabeça, que sim, e nos botamos a tocar. A conversalhada em volta vai se aquietando, outras mesas silenciam e por fim, são dezenas de pessoas, os detentos e os visitantes, cantando com a gente. Não tira os olhos de mim, aquela mulher, e disfarço um sorriso na sua direção. Eu já tinha passado por alguma coisa semelhante, mas ver metade das pessoas chorando e a outra metade gritando, me deu a medida da mágoa retida na caixa escura deste povo, que se esconde atrás de uns sorrisos bem forçados. O pátio pediu mais e continuamos tocando até que ouvimos o guincho da campainha avisando que estava no fim o horário de visitas.

⋆

De tudo, eles, pra não aparecer, mas estão lá, em posições estratégicas e muito ligados em tudo que acontece. O Bernardo me contou. Que nunca houve necessidade de uma intervenção, mas estão sempre prevenidos. Agora, nestes últimos tempos, só houve uma tentativa de fuga, um detento dentro de uma van. Mas já desconfiavam dele e era o tempo todo vigiado. Por ser um Centro de Ressocialização, você quase não vê arma. Devem esconder na roupa, os encarregados. Bem mais cedo, hoje. Um dia, tão emocionada que fiquei lá, quieta, ouvindo os ruídos que vinham dos pavilhões, respirando o mesmo ar que eles respiram, e cheguei bem mais tarde em casa. A Cristina diz que está cansada e gostaria de ir para sua casa. Pelo menos um cafezinho, depois te levo. Dez minutos. E ela acaba cedendo. Gosto muito dessa menina e não perdi a esperança de que os dois voltem ao namoro. O Bernardo, quando foi dispensado, se abalou muito. Abro a porta da loja e acendo as luzes. Gostaria de inventar algum rodeio que chegasse nela para alimentar esta minha esperança, mas não sei como. Ela vai na minha frente porque já conhece o caminho e não espera convite para sentar à mesa. Continuamos conversando, agora sobre o trabalho dela como subgerente de uma agência bancária, as possibilidades de carreira, de transferência para outras cidades, e essa última revelação me esfria um pouco. Nem uma palavra sobre o Bernardo. Fico em dúvida se agi mal ou bem levando a Cristina comigo. Isso pode ter acendido uma brasa encoberta e, se ela pensa é na carreira, na possibilidade de trabalhar em outras cidades, só causei, involuntariamente, mais sofrimento a meu filho. Ela termina de tomar seu café e se levanta: quer ir embora. Minha testa, minhas mãos e axilas alagadas, me esforço e faço a pergunta, E não pensa em casamento? Ela se surpreende com minha pergunta, volta a sentar-se e me acaricia a mão. Que não, dona Geórgia, que agora só tem projetos funcionais, precisa cuidar de sua vida, encaminhar sua carreira. Mas, enfim, nada pode dizer quanto ao futuro. A vida nos carrega para lugares que nem em sonho conhecíamos, não é mesmo? O futuro é aquela mancha de escuridão total que temos de enfrentar, nem por isso se pode ficar parado. Me deu um beijo na testa, levantou-se novamente e saímos, pois eu havia prometido levá-la em casa.

*

Justo agora, Medeiros! Ainda nem jantei e o noticiário está pela metade. Vocês não podem resolver isso por aí? Mas como, me conta melhor como foi isso. Aquele da cela 18? Sei, sei. O menino da flauta, claro, então foi mais grave? E na enfermaria, o que foi que fizeram? Mas então, Medeiros, leva o rapaz imediatamente para o hospital. Nã, nã, nã, nã, não, Medeiros. Um processo por negligência e omissão de socorro, já pensou? Vai levando o rapaz que eu vou direto ao hospital. O Medeiros, Etelvina. Preciso sair agora mesmo. Janto na volta, você não precisa me esperar. Uma porcaria isso, quando a gente pensa que está tudo em paz, sem problemas mais graves, veja só, o que acontece.

* * *

Pequena nuvem escura e silenciosa
desenha seu movimento em zigue-zague
no azul translúcido do céu
sua mensagem leva na bolsa branca
e palavras na garganta
para espalhar muito além
no centro do ninho
onde se fabricam as tempestades.

* * *

Desligo a cafeteira e vou calar a boca do telefone, que isto não é hora. Ainda tenho as pálpebras ardentes da noite mal dormida, que nem a água fria no rosto conseguiu aliviar. De onde? Quase grito porque a voz é muito fraca e como resposta que o Diretor do CR mandou avisar. Mas quem? Agora berro porque começo a ficar irritada. Se demora um pouco mais desligo. O Medeiros, do Centro de Ressocialização, a senhora está me ouvindo? Eu estou ouvindo e meu coração começa a congelar. Sim, pode falar. Seu filho, dona, ontem à noite sofreu um acidente. Está no hospital. Mas que hospital, grito desesperada. No São Lucas, dona. Não, não tenho o número. E desliga sem me dar oportunidade de pedir outras informações. Procuro a lista. Onde foi que soquei essa lista? Quando a encontro percebo o nome da cidade. Não serve. Ligo para a telefonista, está ocupado. Ligo outra vez, continua. Não paro de ligar. Mas o que pode haver de especial numa segunda-feira de manhã para que demore tanto? Chamando. Ninguém vai atender essa porcaria aí? Ah, finalmente. Voz irritada do outro lado. Quem tem de estar irritada aqui sou eu! Meu grito não é bem entendido. Dou o nome do Bernardo e a recepcionista me manda esperar um momento. E este momento não tem mais fim. Lá vem ela, que o Bernardo vai passar por uma cirurgia ainda esta manhã. Só o que sabe. Desligo o telefone e não me interessa mais o café. Saio como estou? De camisola. Preciso botar uma roupa menos íntima. E o

Afonso, é mesmo! Ligo para meu ex-marido. Parece pela voz pastosa que ainda estava dormindo. Conto rapidamente o que sei, ele insiste que quer saber mais e diz que vai agora mesmo cair na estrada. E desliga.

★

É o carro dela, acho que já me viu. Para numa vaga a uns cinquenta metros e vem caminhando rápido. Se não conhecesse bem esta mulher, pensaria que está louca, os olhos querendo explodir, o brilho e o tamanho, mas sei bem que ela fica assim quando aflita. Me cumprimenta de longe, enquanto caminha, me dá a mão e o rosto para um beijo, então me abraça e no abraço posso sentir as pancadas fortes desferidas por seu coração contra as paredes frágeis de seu peito. É a primeira vez que nossos corpos se encostam desde nossa separação. Negar que sinto alguma coisa seria mentir. E respiro o mesmo perfume daqueles tempos. Fecho os olhos e inspiro o passado. Inteiro. Encostar os corpos é sempre um ato de extremo perigo como escorregar na ladeira coberta de sabão. Mas ela tem pressa de saber e me empurra quase brusca, então?, e começo a contar porque cheguei antes e me informei. Uma facada de companheiro, um detento, no refeitório durante o jantar. Duas polegadas aquém do coração. Uma faca de cortar pão, Geórgia, duas polegadas. Durante a noite ficou sedado e estancaram a hemorragia. A Geórgia me larga e diz que precisa ver o filho. Não pode, Geórgia, agora não pode, está sendo preparado para a cirurgia.

Não entendi muito bem, mas o corte rompeu alguma coisa que eles precisam costurar. Sim, internamente. Não entendi o nome. Perguntei, mas ele disse que por enquanto é impossível prever o tempo. Vamos ter de esperar. Não adianta insistir, que ninguém vai saber responder nada por agora, Geórgia. Segundo o médico, pode ser demorada, mas não é uma cirurgia perigosa. Se você não tem proposta melhor, podemos esperar na lanchonete ali na frente, do outro lado da rua. Também não tomei café. Você acabou de telefonar e entrei no carro enfiando as calças. A Geórgia me pergunta como foi que tudo aconteceu, mas também não sei. Um carcereiro que está aí de plantão me contou só que ele foi esfaqueado, mas que não tem mais detalhes. A Geórgia me conta então como foi a tarde de domingo, durante as visitas, o modo como o Bernardo e um outro detento foram aplaudidos tocando flauta e violão, com o povo todo, os detentos e seus familiares, cantando junto com eles. Parecia tudo tão calmo, ela diz, tão alegre, como pode ter acontecido uma coisa dessas?

⋆

Paro na frente dos dois, que estão comendo sanduíche de mortadela e tomando café com leite. Bem perto deles, assim são obrigados a me perceber. Ela é a mãe do rapaz, esqueço o nome dela. Primeiro a mulher, muito surpresa, levanta a cabeça depois de ver meus sapatos parados, bicos apontando em sua direção. Ora, mas não é o senhor Diretor? Me dá a mão para ser apertada.

O homem, bem, ele se levanta e agora sei por que me parecia já conhecer o Bernardo. A semelhança é realmente grande. Mas este homem aqui. Ele se levanta e me estende a mão. Também está me reconhecendo. Dos corredores do fórum, eu digo, e ele, ainda apertando minha mão, Ora, ora, como o mundo é pequeno. Esta não é a primeira vez que nos cruzamos. Pedem que eu sente e não espero segundo convite. Encomendo uma coxinha e um refrigerante. Não que esteja com fome, é que gosto mesmo de comer. E além disso, quero conversar com os dois, este casal, pois devem estar movendo-se em cerração fechada com sua densidade. Claro, o doutor nem precisa me dizer que é o pai. Neste caso, está na cara. Meu trocadilho faz os dois rirem, apesar da boca cheia. Mas não conseguem rir muito, porque sua expressão é de ansiedade, os dois apreensivos. Então relato: o que sei, relato a vocês. Podem se acalmar. Uma cirurgia um pouco demorada, foi o que me disse o médico, mas com pouco perigo de morte. Ele provavelmente vai se recuperar. Ainda mais que é jovem, nem muito saudável, quando chegou aqui, mais forte agora que entrou num regime forçado, mas salutar. Mas algum perigo existe?, a mãe me pergunta, os olhos à frente de tudo. O tórax, minha senhora, é sempre uma região do corpo com algumas complicações. Fazemos um tempo de silêncio, porque precisamos comer. Então meu colega quer saber como se deu o crime. O fato, como aconteceu, ainda está sob investigação. O que o Medeiros, meu assistente, me contou, é que os detentos estavam muito eufóricos, tinha sido uma tarde de muita emoção. No meio do jantar, um dos detentos que está aqui há uns três meses, levantou-se com uma faca de cortar pão, chegou por trás do Bernardo e tentou atingir seu coração. Não conseguiu. O agressor está preso em cela isolada e, nos interrogatórios, até agora, não abre a boca. Queremos saber quais suas motivações. Mas ele não diz nada. O pai do Bernardo pergunta se não experimentamos algum tipo de tortura. Doutor, eu respondo, aqui, em nossa instituição, qualquer tipo de tortura já foi abolida há muito tempo. Isso não existe mais. E se ele não disser nada?, pergunta o pai. Vamos ficar sem saber, eu respondo. A mãe, agora, parece mais calma. Ela termina de comer o sanduíche de mortadela, toma o último gole do café e diz, Agora estou bem melhor. O assunto faz zigue-zagues passando pelas drogas, pelo tempo em que prestei o concurso para delegado, o doutor aqui, o nome dele é Afonso, pois foi assim que a esposa se referiu a ele, o doutor diz que se lembra de mim, não só nos corredores do fórum, mas também na sala onde se realizaram as provas do concurso. Explico a certa altura o sentido da instituição que dirijo, vou escorregando no desejo de relatar as frustrações que tenho sofrido, mas me contenho, o doutor Afonso conta que está com escritório de advocacia na cidade onde atualmente mora, o tipo de casos que tem recebido, as demandas, como lá eles dizem, geralmente por herança, disputas por terra, muito pouco direito da família, mas que até um caso de paternidade negada já enfrentou. E venceu. O filho de uma empregada em uma fazenda das maiores do município, acabou entrando na partilha. Pedimos refrigerantes, pois é preciso enganar o tempo.

*

Atrás do vidro. Três vultos atrás do vidro. Como se estivesse num aquário, preso nas ataduras, fecho os olhos e não vejo nada, mas não estou sonhando, estas formas coloridas que se movem estão dentro de mim. Abro novamente os olhos e a claridade baça me parece um mundo desconhecido, a claridade. Vejo três vultos do outro lado do vidro, parece que a minha mãe e outros dois. Fecho os olhos porque canso de tanto olhar, cansado desta claridade. No meu peito. Não tenho mais meu peito, não sinto. O braço esquerdo preso, onde foi parar? Acho que estou dormindo no escuro da minha cabeça que roda um pouco, e para e roda e para e roda, sem pressa, lentamente, acho que estou dormindo tudo escuro e não roda mais. Ele veio por trás, me lembro, por trás e sem explicar o que fazia, aquela dor terrível, só até aí, então fiquei morto, não existi mais, só depois voltei à vida, um bando de branco em volta da maca, e um sono me fechou dentro da escuridão. Abro os olhos e minha mãe abana, ela percebe que estou olhando para ela. E sorri, minha mãe. Meu pai também, aquele mais alto. O mais baixo e mais gordo é o Diretor. Eles estão cuidando de mim. Do outro lado do vidro, mas estão cuidando de mim. O médico e uma enfermeira acabam de entrar, ele olha a prancheta, ela me toma o pulso, isto aqui é uma UTI? Não sei direito onde estou a não ser que parece um aquário, a temperatura eles conversam e pressão, tudo os dois querem saber, e o médico me pergunta alguma coisa, não entendo e ele repete a pergunta, se me sinto bem, e respondo que um pouco tonto, a vista um pouco embaralhada, ele me afaga a cabeça e ela, a enfermeira sorri, não sei se carinhosa ou caridosa e passa a mão no meu rosto, uma sensação boa, e diz que, se alguma necessidade, este botãozinho aqui, ó. Os dois saem e parece que vão conversar com os três porque eles desaparecem e o vidro só mostra uma parede do outro lado do corredor, uma parede sem graça, meio branca, meio cinza, e acho que estou com sono, a enfermeira me deu um comprimido, acho que estou com sono, com muito sono.

⋆ ⋆ ⋆

Paro na frente dos dois, que estão comendo sanduíche de mortadela e tomando café com leite.

⋆

Bem perto deles, assim são obrigados a me perceber.

⋆

Ela é a mãe do rapaz, esqueço o nome dela.

⋆

Primeiro a mulher, muito surpresa, levanta a cabeça depois de ver meus sapatos parados, bicos apontando em sua direção.

* * *

O Jurandir vem me avisar que na portaria está a mãe daquele rapaz esfaqueado, O Bernardo?, e ele confirma, que sim, e ela quer falar comigo. Vou para minha sala e dou ordem para que ela entre. Em geral isto aqui está uma bagunça, por sorte, hoje, é um ambiente aceitável, mas é melhor ainda se eu descerrar as cortinas e abrir as janelas, nunca permiti que se instalasse aqui o *Split*, como sugeriram vários auxiliares, principalmente o Medeiros, que sala de Diretor tem que ter um diferencial, ele fala empregando essas expressões da moda, o Medeiros, na cidade faz pose de intelectual, mas não vou permitir nenhum "diferencial", pois meu aparelho respiratório não suportaria e esta sensação de confinamento cada vez mais forte, com a sala toda fechada seria um desastre. Ela entra com passo firme e sorriso escancarado. Me levanto para cumprimentá-la. Já nem parece tão envelhecida, a mulher, com mais cor na pele do rosto, o cabelo bem alinhado, com esse coque que lhe dá um ar de altivez, o pescoço longo e os seios empinados. Indico a cadeira com um gesto apenas. Começa me contando que já esteve com o filho no hospital, acha que se recupera bem, conversou com o médico e ficou muito animada. É uma mulher muito atraente, e eu mantenho a porta da sala sempre aberta. Mas e esse olhar dela, não é mesmo pra me seduzir? Agora está agradecendo por meus cuidados com seu filho e não consigo acompanhar direito suas palavras, faz questão de repetir que fui um verdadeiro pai para seu filho. Ela pendura a cabeça e pendente seu rosto mostra uma expressão de modéstia arrependida, uma candura de vestal que muito mais pede piedade do que lascívia. E silencia. Me atrapalho com meus pensamentos que desandam e não sei continuar o assunto, então nós dois expulsamos nossos respectivos pigarros até que ela me pergunta se tenho alguma informação sobre as razões do agressor. Como se estivesse acordando me aprumo, ah, sim, o agressor, mesmo com muitos interrogatórios, não abriu a boca. Mas entre os detentos formou-se a convicção de que tudo começou no pátio. Alguém viu quando o detento agrediu a própria esposa com um pontapé por baixo da mesa. Outros contaram que a mulher dele estava muito encantada com o flautista e que os dois trocavam olhares prometedores. Isso teve como resultado discussões feias entre marido e mulher, só por pouco não chegando à agressão física. Pense bem, dona Geórgia, o marido trancafiado atrás das grades, então recebe a visita da esposa que, na sua frente, fica dando bola para um colega seu, já imaginou o que pode passar pela cabeça de um homem assim a respeito da mãe de seus filhos durante os dias em que está distante? Ele aqui trancafiado e a mulher solta por aí! Como não podia esfaquear a esposa, tentou eliminar o objeto de seu desejo, o Bernardo. Mas então foi por ciúme?, ela me pergunta. Confirmo que sim. Não se pode passar das conjeturas, contudo é o mais provável. Me sinto cansado e me calo, olho para as janelas pensando que o ar está ficando escasso, mas elas já estão abertas. Depois de um tempo doloroso por ser longo, ela se despede com ar de quem gostou muito da história.

*

Depois que saí da UTI, não sei como ela conseguiu isto, mas minha mãe me visita no quarto todos os dias. Que está hospedada num hotel aqui perto. E um guarda na porta, ela disse. Já são amigos. E a única janela com grade. Meu companheiro de quarto não me faz falta, mas sobra um pouco porque de vez em quando ele geme, o pé dele, um dos artelhos preto vai ser removido, credo, ele é diabético, o velhinho, minha mãe conversa com ele. Hoje finalmente, com ela me ajudando, consegui sentar na cama, as costas encostadas na cabeceira, dor quase nenhuma. Por ciúme, ela me contou, então já sei quem foi, sim, ela respondeu, uma penitenciária por tentativa de homicídio, que não é brincadeira, não é uma nuvem branca e pequena, uma ovelha nadando no azul. Faz tempo que não vejo o azul, nem a ovelha, não sei desde quando estou aqui. Nos primeiros dias, também não sei quantos, estive o tempo todo sedado por causa da dor, me disse a enfermeira. Não tenho mais noção dos dias da semana, a não ser quando alguém me informa, mas isso, agora, parece que não faz mais sentido nenhum. E a Cristina ali, ouvindo nossa música, e aquele povo todo cantando com a gente. Até que jeitosinha a mulher daquele idiota. E uma saia curta, claro que olhava, e ela sorriu várias vezes pra mim. Correspondi. Minha mãe contou que eles têm um casal de filhos. De ciúme. Nunca me imaginei vítima de um marido ciumento. Que foi transferido para uma penitenciária, direto, porque já tinha julgamento. Se não fosse isso, acho que na próxima tentativa podia acabar comigo. Pronto, o velhinho diabético começou a gemer novamente. Ontem o filho dele esteve aqui e disse que a cirurgia está marcada para amanhã. Como saber o que é amanhã? Mas se ele disse daqui dois dias, decerto que vai ser amanhã. O artelho maior do pé direito. Preto, morto. Não sei, não, mas parece que chegando a este ponto, vão ser muitas cirurgias até o fim de tudo. Cada vez que vem me ver, ela fala muito bem do Diretor. Ela, será? Perguntei como é que é, e agora, como fica a loja. Então uma surpresa: a Alzira. Já estão assim meio de sócias, e que a Alzira já faz bastante tempo que ajuda quando a minha mãe precisa sair. Não entendo este mundo. Minha mãe falava mal dela, que o meu pai andou rondando a vizinha, ela ficou sabendo, mas parece que nunca conseguiu nada, pelo menos ninguém confirmou alguma relação entre os dois.

Mesmo assim, minha mãe falava mal dela. Agora quase sócias. O velho dormiu e tem um ronco muito suave. Acho que vou dormir também.

★

Enfim, acho que cumpri o meu dever. Com algum sacrifício, mas também com certo benefício, que nem sei como vai se desenrolar, no que pode dar um encontro assim? Estar na casa da gente é soltar os nervos, relaxar os músculos, é o descanso do pensamento. Não há melhor lugar no mundo. Acho que é a Alzira que chegou. Ela me parece conhecer esta casa melhor do que eu. Saudade de tudo isto aqui, Alzira. Minha vizinha sorri e pergunta se quero que ela prepare um café. Claro que não, e vou para a cafeteira. Recebeu alta, minha amiga. Ontem. Ainda um pouco fraco, pálido, mas não sente mais dor e a cicatriz já secou. Quase não se vê. Sento à mesa, onde ela já está, e conto toda a história, desde a tarde de domingo, os dois tocando e o povo soltando a voz, e não esqueço do que aconteceu com a esposa do agressor. Ficou caidinha pelo Bernardo, Alzira. Caidinha. Foi visto dando um pontapé na esposa por baixo da mesa, mas o horário de visita encerrou e ela foi embora. Que da porta ainda mandou um beijo para o Bernardo, imagina. E o marido viu. Um homem confinado atrás das grades, ter a mãe dos seus filhos mandando beijo a outro, hein, Alzira, deve ser uma situação de endoidecer. Um ato provocado pelo ciúme, que eu até entendo. O Bernardo, você há de concordar, é um rapaz muito bonito. Como era o pai. Sim, apareceu, o coitado. Dá até pena. Como envelheceu! E magro, minha amiga, o rosto encovado, uns olhos escondidos no fundo, nada parecido com aquele homem com quem casei. E vaidoso, você deve saber. Muito vaidoso. Se achava irresistível. Você não se ofenda, mas me contaram que ele andou jogando charme até para o seu lado. Que sim, mas que nunca deu a menor oportunidade de aproximação. Continuo relatando tudo que aconteceu enquanto estive hospedada no hotel, ou quase tudo, reluto se ela merece intimidade sem limites, e, empolgada com minhas próprias conquistas, trago o Ademar para a mesa, preparo outro cafezinho para cada uma de nós, e acabo dizendo que não sei no que vai dar, mas que houve dois encontros em motel, que ele, muito tímido, dizia que não devia fazer o que estava fazendo, que em casa a esposa, por fim, se acalmava e, ora, você pode bem imaginar o resto. Não, não é um homem bonito como foi o Afonso, mas carinhoso, delicado, uma conversa que, tirando os momentos daqueles remorsos, era música pra mim. Bem, vamos à prestação de contas ou deixamos para amanhã?

⋆

Digo a ela, dentro do ouvido nu, que preciso voltar ao escritório. A Josiane senta brusca, me pega o braço e responde que antes devo ouvi-la. Me levanto para uma ducha e ela vem atrás, mais nua do que seu ouvido. Entramos juntos debaixo do jato que lava nosso beijo.

E rimos enquanto somos esfregados um pelo outro. Com esta brincadeira, eu sinto, já estaria pronto para mais uma sessão de sexo, mas não tenho muito tempo e me contenho. Parece que ela também reluta em conter um impulso natural, que seria voltarmos para a cama ou praticar debaixo da água morna. Pego uma toalha do armário e alcanço à Josiane, que se enrola nela. Me olha e diz para eu prestar atenção. Isso não pode continuar, ela diz. Que tanto a Jussara quanto o Pedro já andam desconfiados. Na semana anterior o Pedro foi à tarde buscar uma câmara que tinha esquecido na casinha lá dos fundos e a casa estava fechada. À noite lhe perguntou, como quem não quer nada, se ela tinha ido a algum lugar naquela tarde. E eu, que não durmo com os olhos fechados, a Josiane é muito mais esperta do que a irmã, disse que sim, que tinha ido ao supermercado fazer compras. O Pedro sacudiu a cabeça, concordando, mas seus olhos disseram-lhe que era uma mentira que não teria como desmentir. Sabe, Afonso, há coisas de que temos certeza, mas não há como provar. Depois fiquei sabendo por uma vizinha que a Jussara tem rondado nossa casa, e é vista conversando frequentemente com o Lúcio na saída da escola. E some para o sítio, sem passar aqui em casa. E o Lúcio, que eu pensava ser mais meu do que dela, não abre a boca, mesmo que eu force um interrogatório. Você entende, Afonso? Por mais cuidados que a gente tome, uma hora eles nos descobrem. Você já me disse que não me assume no seu harém, que não quer mais uma vez dormir todas as noites com a mesma mulher na cama, que união estável não está nos seus planos. Ficar sozinha, como a Jussara, isso eu não quero. Aliás, a própria Jussara, não sei, não, tenho ouvido boatos. Fico curioso, mas ela se fecha. E como já está vestida, me pede para deixá-la no estacionamento do supermercado. Nosso ponto, apesar de muito discreto, pode estar sendo vigiado. Termino de me vestir e saímos. Não trocamos uma só palavra até entrar no estacionamento do supermercado, quando ela abre a porta e tenta me dar um beijo, que evito, e me diz, Então, adeus. Saio solitário, mais uma vez. Solteiro.

⋆ ⋆ ⋆

De volta a esta minha casa provisória, onde morto agora vivo, onde entre tantos estou sempre só.

⋆

Quanto me pesam essas noites de colchão frio a meu lado, tendo de me aquecer apenas com meu corpo.

⋆

Não sei viver a solidão, em mim não encontro o prazer de estar vivo sem ter com quem compartilhar.

⋆

O mundo de repente perde suas cores e o futuro transforma-se numa caverna escura para a qual caminho tropeçando.

* * *

Agora minha cama é esta. No térreo. O Diretor veio pessoalmente ordenar as trocas. Minha condição de convalescente foi o argumento, minha fraqueza, os perigos de uma escalada até o quinto andar. Tenho pensado muito na tarde daquele domingo quando saí daqui removido, um corpo, apenas a massa bruta. Pouco antes, estivera tocando para a Cristina, que aceitou o convite da minha mãe e veio me visitar. Mas disfarçadamente despejava sorrisos nos olhos da esposa de um dos detentos. Na saída ela me enviou um beijo pelo ar, que não tive como recolher porque a Cristina, justo naquele momento, me encarava uma despedida, e mesmo que não tenha mais esperança de reatar nosso namoro, me pareceu que seria muito deselegante ficar recebendo beijos de uma mulher casada na frente dela. E bem, dizer que não tenho mais esperança não é rigorosamente a verdade. Finjo pra mim mesmo, porque esta convicção atenua meu sofrimento. Agora volto à casa de onde saí corpo e volto pessoa. Mas a experiência foi terrível, brutal. A desconfiança cresce, o medo de um novo atentado vai me perseguir. Acho que nunca mais vou ter sossego aqui dentro. Em cada um dos meus companheiros pode estar escondido um facínora. Não conheço nenhum deles, a não ser pelo que se pode ver. Só conheço a pele de cada um. O que ela esconde, isso jamais vou saber. E sabendo que ninguém vem parar aqui dentro por carregar asas nas costas, sou obrigado a manter, mesmo no sono, um dos olhos abertos. E nisso os ouvidos ajudam muito. Já estou treinado. Um ressonar diferente, o ranger de alguém se virando na cama, uma lufada mais forte do vento no estacionamento, tudo isso são motivos para eu acordar e ficar atento. Ele mandou que se trocassem as roupas de cama, me perguntou se assim estava bem e eu respondi, Muito obrigado, Doutor. Ele me afagou a cabeça e disse qualquer coisa que não entendi direito, mas que terminava com meu filho. Tenho medo destas aproximações que podem parecer regalia. Os outros detentos, todos eles, detestam regalias. Tratamento igual para todos, é o que dizem. E isso é falso, porque alguns podem trabalhar fora durante o dia, outros não. Alguns trabalham para redução da pena, outros não. Nunca entendi direito este "tratamento igual para todos", como se fosse uma democracia, como se acontecesse isso numa democracia.

⋆

Ela me pergunta se gostei do filme e demoro para responder, primeiro porque estou procurando o carro, entre tantos da mesma cor, mas também porque estou pensando em que tipo de resposta posso dar. Por fim, já embarcadas, respondo que sim, que gostei, boa trama, música bastante adequada, boas interpretações, bem, sou uma pessoa comum, sem conhecimento da estética cinematográfica, por isso encerro meu discurso dizendo que as pessoas me pareceram muito infelizes. A Alzira me contesta que não, são as pessoas do filme que são infelizes. Ligo a chave do motor, manobro a saída, e ganhamos a avenida. Enquanto isso, minha amiga silencia. Mas ela volta. Você não vive neste mundo, Geórgia? O que mais se vê para o lado que a gente se vira? Ninguém nunca está satisfeito, há sempre alguma carência. Plenitude, minha cara, é uma palavra, apenas uma palavra. Por mais que seja preenchida, nunca estará cheia. E a brutalidade que impera no mundo, você acha que se pode ser feliz vendo tudo que acontece? Só um tolo pode se sentir feliz. Ela está com muita necessidade de falar, pois parece que o marido é meio surdo. Pelo menos para ela. Já me falou sobre isso. Quando ela para, e já estamos perto de sua casa, me encorajo para uma outra confidência. O Ademar ligou ontem e disse que vai requerer uma licença. Me alegrei pensando que fosse por minha causa, para ficar aqui por uns tempos, e ele disse que se sente muito mal com bastante frequência. Na saída do supermercado, outro dia, não sabia onde estava e ficou aterrorizado. Consultou um psiquiatra que diagnosticou transtorno do pânico. Vai ficar de molho na chácara do sogro, apesar de que gostaria de vir para cá. O psiquiatra acha que ele deve evitar qualquer situação estressante. Você viu, Alzira, agora que eu sonhava com uma companhia, acontece um desastre desses. Ela se despede e desce do carro, a luz de sua varanda está acesa. Enfia a cabeça pelo vidro aberto da porta e conclui, E você achou que o filme era um pouco triste! Não espera resposta e abre seu portão.

⋆

Amanhã vai acontecer minha estreia num júri popular. Já estudei os autos, pesquisei a vida dos dois, antecedentes, tenho material organizado para pedir a absolvição. Tomei dois copos de vinho no jantar e relaxo na varanda, os pensamentos soltos atraídos pelas estrelas, subindo com a fumaça do meu cigarro. Nem um pouco nervoso. Tenho confiança em meus argumentos. Olha só, uma estrela cadente. Ela faz um risco e some. Também faço meu risco e um dia sumo. Mas até lá, de que me serve uma vitória, qualquer vitória sem ter com quem compartilhar? O Lúcio, depois que vim morar aqui, ficou mais distante de mim. Deve ouvir horrores a meu respeito, envenenado pela Jussara. Tentei conversar com ela duas vezes: me enxotou como um cachorro sarnento. A Jussara. Medo de que fosse pedir alguma coisa? E ia, realmente, pedir que não botasse meu filho contra mim. Quando chego perto, ele se encolhe, esconde o rosto, resmunga e não diz nada. A vitória, quando só o dinheiro é a recompensa, tem um gosto entre salgado e amargo. Dinheiro, a esta altura da minha vida, sem projeto, sem ambição, sem ter o que fazer com ele, ah, não, isso é uma vitória chocha, que não entusiasma, que não esquenta o sangue. Esta cidade é meio escassa de mulheres, ficam todas escondidas dentro de suas casas, guardadas e rodeadas por ciúme de todos os lados. A Josiane, bem, talvez tenha razão. Eu podia estar arranjando uma encrenca de que não sairia com lucro. Em certo sentido, bobeei. Ela estaria disposta a fugir comigo. Não sei para onde, para viver do quê. Mas se ofereceu. Aqui é lógico que não poderíamos ficar. Um borracheiro armado escondido atrás de um muro. Patético. Mas solitário, solteiro, não sei como é que alguém pode viver. E só três casinhas caindo de velhice, a zona do meretrício. Umas caboclas feias, com cara de homem, pernas tortas e barrigudas. Meu Deus, aonde cheguei.

★

Empurro o carrinho pelo estacionamento no desconforto dos paralelepípedos que fazem as rodas trepidarem e meus músculos vibrarem sem parar. Bem, até aqui. Sim, até aqui. Mas o que é isso, o que está acontecendo? Estacionei meu carro ao lado deste tronco minguado e sem amparo, as placas com seus números, os números, meu carro foi roubado, e minha camisa grudada na pele, roubado, era ao lado deste tronco desamparado. Paro e olho para os lados. Ali uma outra arvorezinha, a cor do carro, muitos carros, a cor, azul ou cinza, ou cinza azulado, o sol, ando mais vinte passos, atravesso para a outra pista. Alguém me observa? Alguém? Sim, a árvore só pode ser esta, meus braços doendo, os músculos trepidam. Mas então é ele, meu carro. Abro o porta-malas e as mercadorias, nem tudo da lista que a Etelvina me pediu, suas marcas, a sensação de que alguém me espia escondido atrás destes carros. Trato de entrar rapidamente no meu e fecho a porta. Pelo vidro espio porque alguém está me observando, este frio, minhas mãos, me olho no espelho, meu rosto, minhas pálpebras tremem sem que eu as domine, meus lábios também, quero sair daqui, como é que se faz para sair daqui acho que deixei a chave no caixa, mas como foi que abri o porta-malas sem a chave no porta-malas, tenho de sair e pegar a chave no porta-malas mas esta poderá ser a hora, estou sozinho e desarmado, alguém me espiona e não consigo descobrir de onde, minha camisa grudada nas costas e no peito ânsia de vômito e as vistas escuras, não consigo ver onde estou, não consigo sair daqui e as chaves no porta-malas, ânsia de vômito, o mundo todo roda, o carro vai bater no tronco minguado da árvore, não consigo me firmar em nada, eu também rodo e sinto frio. Não vomito e fecho os olhos para não ver mais o mundo girando, mas acho que está parando de girar, eu também, não vomito, e o frio vai passando, abro os olhos e está tudo em seu lugar, as chaves aqui na minha mão. Muita sede. Preciso ir logo para casa, preciso dormir um pouco, na minha cama, em casa. Ligo o motor e saio com cuidado porque são muitos carros neste estacionamento. Entro na avenida, ali na frente o sinal fica vermelho. Tiro o pé do acelerador, piso na embreagem e no breque sem fazer muita força. Estou me sentindo melhor. Mas atrás do poste tem um guarda me observando.

* * *

A vida escorre pelos fios estendidos
tropeça em postes
em potes de seiva crua
e avança como louca locomotiva
despenca de seus trilhos
sem rédeas que a dirijam.
O presente esperado
vem dentro de uma caixa de sapatos
vazia
e o futuro com riso escarninho
esconde-se atrás dos muros
para que seu bote
seja sempre surpresa.

* * *

Nove horas da manhã, estou voltando para a colheita de tomates, em que deixei meu sogro e mais quatro homens contratados, quando me chamaram para atender ao telefone. Desde cedo, apesar do frio, vinha esfalfando minha estrutura física neste trabalho que, visto de longe, parece tão fácil. Levanta, agacha, levanta outra vez, fica um tempo agachado, minhas pernas já estavam tremendo por falta de condicionamento. As mãos, no início, molhavam-se no orvalho, quase geada, mas a sensação não era muito desagradável. Foi quando chegou a Etelvina, apressada, que o telefone estava me esperando. Aproveitei para descansar um pouco. Não posso me mostrar muito frágil para meu sogro, que me vê gordo como estou e pensa que isso é força. Ele diz que sou muito forte. Vontade de rir. E também aproveitei para tomar um cafezinho passado na hora. O sogro suspende seu trabalho e vem saber se algum problema. Não, pra mim, de licença aqui, problema nenhum. Apenas uma notícia. E não foi boa. O Marcelo, não sei se cheguei a contar ao senhor, um dos detentos que chorava todos os dias. Não contei? Bem, havia um detento que chorava todos os dias. Um rapaz que vivia coberto de tristeza. Ele, numa briga boba com o irmão, que adorava, bateu com uma marreta na cabeça do irmão, que morreu de fratura craniana. Sim, terrível. Os quatro homens contratados para a colheita também pararam de trabalhar e se aproximaram, depois de ter ouvido alguma coisa. Uma tragédia. Dava dó ver aquele coitado se lastimando. Ele não imaginava, com toda certeza, a força que tinha. Ele tinha mais uns cinco anos de detenção. Hoje de manhã, foi encontrado morto na cela. O Medeiros, meu auxiliar, me chamou para me dar a notícia, pois sabe o quanto eu estimava aquele pobre coitado, quanta pena eu sentia dele. Ninguém sabe de onde ele arranjou uma navalha, à noite, e cortou o pulso esquerdo. Os companheiros de cela não viram nada. Ao acordarem ele já estava frio.

★

A Alzira trouxe um bolo de laranja, uma delícia, e disse que veio tomar aquele meu chocolate bem quente. Ela está ainda na porta, com o sobretudo cinza e uma boina da mesma cor, ela toda elegante, como sempre. Digo-lhe que entre, porque já vou fechar a loja. Ela me ajuda a descer as portas, em que passo o cadeado. Com as portas fechadas, o frio diminui, estamos agora num casulo, protegidas. A Alzira é minha amiga, mas também minha freguesa, por isso elogio sua roupa, principalmente as botas que vêm até perto dos joelhos. E mostro alguma coisa do que chegou recentemente. Pensaram em você quando confeccionaram esta blusa. Ela concorda, envaidecida, e nos encaminhamos para a cozinha. Na saída, promete, porque agora está pensando é no chocolate. Enquanto o leite esquenta, conto à minha vizinha que hoje, perto do meio-dia, o Ademar telefonou. Meu Deus, como está gaguejando! Disse que morre de saudade, que tem sonhado comigo, sabe, papo bem de adolescente. Depois fez uma pausa, pigarreou, e ouvi algumas vozes por perto. Quando voltou a falar, me disse que alguém, ele sempre se refere à mulher com esse pronome, que alguém tinha passado por perto, mas não tinha visto nada. Por fim, me contou que um dos detentos do CR, um que matou a própria mãe com um machado, chorava muito de remorso e que hoje de manhã foi encontrado morto no banheiro. Disse que gostava muito do rapaz. Cruzes, um cara que mata a própria mãe, você já pensou? Falou que está ajudando na colheita de tomates, e que a atividade física tem feito muito bem a ele, que até já perdeu alguns quilos. Despejo um líquido grosso em nossas xícaras, e o vapor que sobe é mesmo um conforto. A Alzira já tirou o sobretudo e pergunta se morreu afogado. Não, cortou os pulsos com uma navalha.

⋆

O Lúcio está novamente com um pouco de febre e me parece melhor ficar com a mãe. Deve ser aquela inflamação na garganta e a Jussara sabe como tratar o filho. Já está anoitecendo e ela vem do curral onde provavelmente, ah, é isso mesmo, estava ordenhando as vacas. Corre na cidade que ela já está se amarrando com marido novo, mais novo do que ela, pelo menos, um daqueles rapazes que apareceu uma vez para ajudar a esquartejar aquele pobre daquele porco. Pelo menos a encontro sozinha, com os dois baldes de leite pendurados nos braços. Não faz boa cara ao me ver e me cumprimenta sem largar os baldes. Subimos, o Lúcio e eu, para a varanda, e os cachorros vêm faceiros fazer festa. Principalmente este Sultão, que me pula no peito, que se esforça por lamber meu rosto. Sou obrigado a dar um tapa nas suas orelhas, rindo, fazendo em seguida um afago, porque ele é meu amigo. Ela volta da cozinha, sem tirar as botas, sem lavar as mãos e se para na porta esperando que eu inicie algum assunto, o assunto que nos fez aparecer ali a uma hora tão estranha. Está frio, eu digo, e ela puxa o casaco grosso para cobrir o peito. E é o início das férias. A Jussara parece que acorda de um longo sono em que essas coisas não existiam. Finalmente se aproxima do filho, dá-lhe um abraço e um beijo muito acanhado, ela voltou a ser uma roceira, com seus costumes e valores, talvez que nunca tenham deixado de existir ocultos pela necessidade de sobrevivência, então me dá a mão, e concorda que sim, que o Lúcio parece estar um pouco quente. Ela olha para fora, para os lados, ela investiga as vizinhanças da casa, enxota os cachorros para fora e por fim nos convida a entrar. Na falta de assunto, que apenas repete os anos de nossa convivência, conto a ela a história do rapaz que se suicidou na cela do Bernardo. Sei que detesta ouvir falar daquela família, que sempre considerou rival, mas parece que demonstrou algum interesse pelo suicídio e me pergunta como é que foi isso. Então, prossigo, depois de matar toda a família foi preso e chorava muito de remorso. E o arrependimento era tão grande que ontem, quando todos foram dormir, ele pegou uma navalha que tinha escondida debaixo do colchão e cortou a garganta. Um espetáculo dantesco. Ela pergunta se quero jantar com eles e respondo que não, então descemos até o carro para retirar os trens do Lúcio.

★

Com este tempo ninguém quer ficar naquela mancha de sombra e as mesas ficam mais perto umas das outras. Mesmo assim se pode conversar tranquilamente.

Minha mãe trouxe este bolo de laranja porque sabe das minhas preferências. Ah, as tardes frias em casa, este bolo com chocolate quente, nossa conversa sem pressa nos domingos medindo o tempo lento, o Sol parado, a confiança no futuro. Menos de dois anos e vai estar pago o que devo. Logo que chegou parecia um pouco assustada, mais assustada do que eu. Prometi contar tudo como foi depois de comer um pedaço do bolo. Ela me perguntou se tenho tido notícias do Ademar. Assim mesmo: do Ademar. O que eu sei é que o Diretor está de licença-saúde, que no próximo mês, provavelmente, vai reassumir seu posto. Ela me dá a impressão de ter ficado contente, o que muito me intriga. Bem, e sobre o Marcelo. Não, ele não era da minha cela. Morava ao lado, era vizinho, entende? Apenas vizinho. Claro, que mesmo assim fiquei assustado. Sim, cheguei a ver. Ele matou o irmão, que adorava, sem querer, numa briga boba. Levou um soco e caiu. Ao se levantar trazia na mão um porrete com que se defendeu, dando uma paulada na cabeça do irmão. Foi, foi fratura craniana. E sem essa de navalha, garganta, tudo invenção. Ele cortou as veias do pulso esquerdo com uma lâmina de barbear, que ele tinha escondida. De manhã, quando os outros acordaram, ele estava estendido no chão ao lado de uma lagoa de sangue. E frio. Alguns acham que já fazia algumas horas que ele estava morto, porque estava frio. Todos os dias. Lembra que te contei? Chorava todos os dias de remorso. Era um rapaz que nunca tinha brigado com ninguém, que estava na faculdade, um carinha do bem, minha mãe. Bem, dizem que foi por causa de namorada. Os dois queriam a mesma garota e ela não se decidia. Pois é, agora nem um nem o outro. Aqui se ouvem histórias muito tristes. Tenho certeza de que a doença do Diretor é por se comover com cada história que ouve. Ele fica abalado. Não é o caso do Medeiros, um dos chefinhos daqui. Ele é seco, não que maltrate os detentos, isso está proibido, mas trata a todos com muita frieza. Questão de temperamento. E a dona Alzira, como é que vai?

Esta obra foi composta em Bembo Book Pro
e impressa em papel pólen bold 90 g/m² para a
Editora Reformatório, em outubro de 2022.